ユーカリの花を求めて

懺悔
挿絵／夏桜

KTC
KILL TIME COMMUNICATION

Contents

目次

登場人物 Characters

千草
（ちぐさ）

男子大学生。代わり映えのない日常に退屈を感じている。

華穂
（かほ）

千草の彼女。内向的で、大人しい性格。

阿藤
（あとう）

千草が所属するサークルの先輩。元ラグビー部で筋骨隆々の身体つき。

プロローグ

目が覚めたらとても気持ちの良い朝だった。

身支度を整えて外に出ると、春の訪れを感じる爽やかな風が頬を撫でる。

しかし僕の心がそれに魅了される事はない。

いつもの道を歩いていつもの駅から電車に乗る。毎日変わらないルーティンワークだ。

途中の駅で華穂(かほ)が乗り込んでくる。その日は座席が全て埋まっていたので、僕は腰を上げて代わりに華穂が座るように促した。

しかし華穂はトレードマークである遠慮がちな笑みを浮かべて首を横に振った。

「ううん。大丈夫だから」

きっと僕だけに立たせて、自分だけが座っているのに居心地の悪さを感じるのだろう。華穂はとても優しい女の子なのだ。

なので僕らは手すりに掴まって並んで立っていた。

どちらも口数が少ない方なので、話題はぽつりぽつりとしか出なかった。そんな時間は僕らにとって平穏をもたらした。

今年で僕らは二十歳(はたち)になるが、華穂とは十年来の付き合いである。

小学校の時に出会い、そして中学から交際を始めてそれからずっと仲睦(むつ)まじくやっている。

その十年間は極めて平和的で、人並みな痴話喧嘩も勃発した事がなかった。僕らはどちらも少々内向的で、大人しい部類の人間だったのだ。

電車が大学最寄りの駅に到着すると僕らは無言で降りて、そして週末の予定なんかを簡単に話し合いながら大学へと向かった。

駅から大学へは歩いて十分程度はあり、ずっと緩やかな坂道を上らなければならなかった。

その途中には年季の入った喫茶店や、ちょっとした住宅街があった。如何(いか)にも地方都市の郊外といった風景だ。

歩道には僕らと同様に大学に向かう若者が何人も見えた。

中にはやはり僕らと同様に一緒に登校するカップルがいて、手を繋いで歩いている人たちもいた。

それを見る度に僕はよくやるなという気持ちになった。

華穂と手を繋いで歩きたいという想いは僕にもあったが、どうしても恥ずかしくてできなかった。

ましてや華穂の方から手を差し伸べる事なんてできるわけもない。彼女は僕以上に恥ずかしがり屋なのだ。

そんなこんなで僕らの日常はとても健全で、そしてどこか退屈を感じさせた。

華穂に不満があるわけではなかった。彼女に対しては愛の告白を果たしてから、ずっと変わらぬ恋慕の念を抱き続けている。それは今でも変わらない。他の女の子に目移りした事なんて誓ってない。

華穂という名が表すような華々しい存在ではなかったが、それでも道端に咲く野花のような慎ましい愛くるしさを兼ね備えていた。僕は胸を張ってその内面を含めて、彼女が美しいと自慢ができる。

その一方で僕はどうだろうか。彼女にとって僕は良いパートナーで在り続けていただろうか。

自分で言うのもなんだが見た目も平凡で、何かしら秀でた分野も持たない。

それでも彼女は僕の事を好きだと言ってくれて、こうして毎日のように電車の中で待ち合わせて一緒に登下校している。

彼女は一体僕のどこを気に入ってくれているのだろうか。もう十年にもなる付き合いの中で、今更そんな事を考えながら週末のデートについて語り合っていた。

「なんだなんだ。神妙な顔つきしてるかと思えば惚気か？」

目の前の大柄な男性は僕の話を笑い飛ばすと、うどんを豪快にすすった。昼休みの学生食堂はその安さも相まって賑わっている。そんな喧噪の中でも彼の笑い声はよく響き渡った。

彼の名は阿藤。二つ上の先輩にも関わらず、昼食を共にするくらい仲が良い。高校まではラグビーに打ち込んでいたらしく、その筋骨隆々とした体躯や豪壮な顔立ちは、どことなく大型の熊を連想させる。しかし決して粗暴な性格というわけでもなく、後輩の面倒見が良い頼れる兄貴分である。

出会った経緯は僕が選んだサークル活動にある。

華穂は昔から続けていたテニスを選び、僕はさてどうしたものかと悩んでいた。折角のキャンパスライフ。何かしらのサークルには参加したいと考えていたのだ。

『ちー君も……一緒にテニスする？』

入学したての頃、華穂がおずおずとそう尋ねてきたのを覚えている。華穂は僕と一緒に爽やかな汗を流したいと本気で願っていたようだ。

普段は自己主張抑えめの華穂が、勇気を振り絞ってこう言ってくれた。

『ちー君ともっと一緒にいられる時間があれば良いなって思って……』

彼女の気持ちは素直に嬉しかったが、しかし今更未経験のスポーツに一から打ち込もうという気にはならなかった。

ちなみに『ちー君』とは僕の事で、その呼び方はやめて欲しいと何度もお願いしているのだが、もう幼少の頃からの癖なので今更矯正は難しいらしい。僕も半ば諦めている。

そして僕が選んだサークルが、阿藤先輩の所属する『UMA研究会』だったわけである。

特にオカルトに興味があったわけではない。色々なサークルを見学して回っていたら、一番やる気がなさそうで居心地が良さそうに感じたのだ。

部員は数えるほどしかいない。週末に未確認生物を探しに行くような活動もしていない。

暇な人間が小さな部室に集まってはどうでも良い話を駄弁(だべ)っていたり、夏にはバーベキューをするようなお気楽サークルだった。

　そこで阿藤先輩は部長というか幹事や纏め役のような事を自ら率先してやっている。面倒くさがりの僕には理解できないが、皆を取りまとめるのが好きな人種はいるものだ。

「千草よ」

　その阿藤先輩が僕の名前を呼ぶ。

「彼女が自分のどこを好いているかがわからないなんて、そうそう真顔で言うもんじゃない。俺のような女っ気のない人間の顰蹙を買うぞ」

　そんなものだろうか。

　僕は愛想笑いを返しながら定食のコロッケに箸を刺した。

「それで？　今週末も二人でデートか？」

　阿藤先輩がそう問う。

　僕は持ち上げかけたコロッケを一旦皿に戻すと言った。

「まだ決まってませんよ」

「それにしてもお前らは本当に仲が良いよな。もう付き合って十年近いのに毎週のようにデートだなんて。よく行く場所があるよ」

「そんな大層なところに行くわけでもないですよ。お金もありませんし」

実際に僕らのデートは素朴なものが多い。華穂がお弁当を作って海浜公園を散策したりなどが大半を占める。街に出かける事はあまりない。

「それにしたって十年なんて夫婦でも倦怠期になるだろうに」

「……倦怠期」

僕はその言葉を呟くように繰り返した。

その後午後の講義に出席して、それが終わるとUMA研究会の部室で時間を潰す。小一時間もすると華穂のサークルも終わるので一緒に帰る。

まるで朝の登校とは逆再生のような生活様式だった。

特に不満はない。

しかしどこか全身が薄い膜に覆われたかのような毎日だった。

同じことの繰り返し。

別れ際に華穂が目を合わさずに、少し恥ずかしそうに言う。

「あのね、今夜、ちー君のお部屋に遊びに行ってもいいかな？」

「別に良いけど。それならこのまま来たら良いんじゃないか？」

「色々と準備があるから」

そう言うと彼女は電車から降りると、僕に対して小さく手を振った。その頬は紅潮している。彼女の方からお泊りデートに誘うのは珍しい。きっとそれなりに勇気を有したのだろう。

僕は遠ざかっていく彼女を見据えながら、変わり映えのしない景色が窓から流れるのを眺めていた。


僕と華穂は大学入学時にそれぞれ一人暮らしが親から認められていた。間取りはどちらの部屋も大差がない。如何にも大学生が住むようなワンルームだ。

僕の部屋が清潔感を保ち続けているのは華穂のおかげである。彼女は甲斐甲斐しくも僕の部屋を掃除してくれる。華穂がいなければ食生活も、インスタントや冷凍食品ばかりになりがちだっただろう。ありがたい事だ。

その点についても僕は華穂に非常に感謝していた。お礼というわけではないが、家事を終えた彼女の肩を僕が揉む。華穂はくすぐったそうに笑う。それが僕らの幸せだった。

そんなこんなで陽が沈むと、僕らは恋人らしい事をする。

テレビを見ながらどちらからともなく何気なく手を握ったり身体を突き合ったりす

る。最初は冗談っぽく。でも少しずつ性的に。

やがて唇と唇を触れ合わせる。

ふと目が合うと、僕が無言で彼女を立たせてベッドへと誘う。

電気を消して、彼女の服を脱がす。

華穂はその大人しい内面とは裏腹に、随分と主張の強いボディラインを有していた。テニスのおかげか全体的に締まっているのだが、胸部はたわわでブラジャーからはみ出しそうな程に豊満だ。

彼女はそんな自分の乳房を恥ずかしく思ってか、胸が強調されるような服は一切着ない。なので一見地味な印象を与えがちな彼女が、こんなグラマラスな一面を持っている事を知っているのは男ではきっと僕だけだろう。

その事に関しては少なからず優越感を抱いていた。

電気を消していてもその肌の白さ、そして乳首や陰唇の色素が薄く美しい事はもう十分すぎる程に知っていた。

彼女と初めて身体を交えたのはいつだっただろう。高校に入って一年目の夏休みだった気がする。もう随分と昔の話に思える。

あの時は当然お互い初めてで、手が震える程に緊張していたっけ。

華穂も目尻にうっすらと涙を浮かべていた。

『無理しなくて良いけど……』

『ううん……大丈夫』

華穂の健気さは今も昔も変わらない。僕は労るように彼女を愛した。

今では少しだけ変わった気がする。

僕は今華穂を後ろから突いている。それも少し乱暴に。

「んっ、んっ、んっ、んっ……」

それでも彼女にはもう痛みがない事は理解していた。

華穂はたっぷりじっくりと愛撫してあげると、それに応じて濡れて僕を受け入れる準備を整えてくれる。

今もスキンをした陰茎はぐちょぐちょと音を鳴らして、華穂の可愛らしい膣口を白く泡立たせている。

「んっ……んん……はっ……ん…………」

華穂の嬌声はあくまで慎ましい。

どれだけ激しく腰を動かしても、鼓膜をくすぐるような淡い鳴き声しか聞こえてこない。

僕はそんな彼女を愛おしく思う。

でも何故だろう。

ふとこんな毎日がどうしようもなく虚しく感じる時がある。

彼女の小ぶりな尻肉を強く掴みながら、汗だくになって彼女の中で果てながら感じる虚無感。

それは射精時特有の気怠さとはまた違っていた。

僕の華穂に対する愛情は何一つ変わっていない。

なのになにかが決定的に色褪せてしまっているように感じるのだ。

僕らは性行為の後片付けを済ませると、二人で肩を並べてベッドに倒れ込む。互いにまだ息が少し切れていた。

「今日のちー君……すごく一生懸命だったね」

華穂ははにかむと、僕の手を握りながらそう言った。

激しかった、とは恥ずかしくて言えなかったのだろう。そんな彼女を僕はやはり愛らしいと思った。

それでも胸の奥で、なにかが欠落してしまっているような違和感を覚えてしまうのだ。

彼女は続いて僕の胸に頭を寄せると小さく呟いた。

「こんな毎日がずっと続けば良いのになぁ」

「……そうだね」

僕は上辺だけの気持ちで返事をしていた。

第一話　提案

阿藤先輩と二人きりのＵＭＡ研究会で、彼はその巨躯(きょく)に見合っていないパイプ椅子をギシギシと揺らしながら言った。

「そりゃあ千草。あれだよ。お前らも長いんだから倦怠期の一つや二つは来るだろ」

「別に華穂や今の生活に不満があるわけじゃないんです」

「わかってる。わかってるよ」

こういう恋愛相談も僕はよく阿藤先輩にしていた。彼が恋愛経験豊富がどうかまでは知らないが、なんでも話を聞いてくれそうな懐の深さは確かだった。実際のところ後輩からの人望は厚かったから、年下からはモテているのかもしれない。

「お、丁度こんな記事が載ってるぜ」

彼は自分が読んでいた三流ゴシップ誌を広げて僕に見せてきた。

僕は前のめりになって目を凝らす。

『飽きてしまった互いのパートナーに新たな刺激を！　ハプニングバーやスワッピングの魅力について』

僕は身を引くと手を小さく振った。

「……そういう事じゃあないと思うんですけど」

「冗談だよ。でもお前らは真面目すぎるからな。ちょっとくらいハメを外しても良いんじゃないか？」

そう言われて考え込む僕に彼は言葉を継ぎ足す。

「毎週毎週、華穂ちゃんの作った弁当持ってピクニックじゃお前もつまらんだろう？」

「別にそんな事はないですよ」

そもそも華穂と一緒にいる事を、楽しいかどうかで考えた事がない。なんとなく一緒にいたい。そこに求めるのは安らぎであり刺激ではない。

「まぁともかく、普段と違う事をするのもいいんじゃないか？」

阿藤先輩にそんな助言を貰った僕は単純だった。その日の帰り、華穂に週末のデートプランの変更を申し出てみたのだ。

「なぁ、たまには遠出とかしてみないか？」

華穂は特に驚く様子もなく微笑みを返す。

「うん。良いと思うよ」

「例えば……遊園地とか」

「そういえばあんまり二人で行った事なかったね」

僕と華穂が出かける場所は比較的静かな場所が多い。アミューズメントといえば水族館や美術展ばかりだった。

「それじゃあ今週は遊園地に行ってみようか」

僕が意気揚々と口にすると、華穂も嬉しそうに頷いてくれた。

これで少しでも、僕の周りを薄く覆ってる膜が取り払われれば良いのだけれど。


「で、どうだったんだよ。先週末は？」

土日を挟んだＵＭＡ研究会の部室。相変わらずゴシップ雑誌を熱心に熟読していた阿藤先輩は、さして興味もなさそうにそう尋ねた。

僕はパイプ椅子の背もたれに体重を軽く預けながら、紙パックのコーヒーを飲みながら答える。

「別に。普通に楽しかったですよ」

僕の真新しい記憶には、ジェットコースターで悲鳴を上げる華穂や、観覧車が一番高くなったタイミングで遠くに視線を投げかける華穂の横顔があった。

「普通って？」

「童心に戻れたって言いますか」

「その割には冴えない顔をしてんぞ」

「ぼうっとした顔つきは昔からですよ」

そんな生返事を口にしながらも、僕の胸に泡立つモヤモヤは何も変わらないままだった。

「それにしても新しい部員入ってこないですね」

僕も二回生となり、丁度入学式シーズンの今はどこも熱心に新入部員を勧誘している。

いつも通り部室でボンヤリしているのは僕達だけだろう。

「このサークルもお前の代で終わりかもな」

どうでも良さそうに阿藤先輩が言う。

「寂しい事言わないでくださいよ」

「しょうがないだろ。実際誰も入ってこないんだから」

「勧誘とかしないんですか？」

「面倒くさい」

「阿藤先輩、パーティーを企画するのとか好きじゃないですか。他の先輩が卒業しちやって僕と二人きりですよ」

「もうそういうのも飽きちゃったんだよ」

　そう言って雑誌のページを捲る阿藤先輩の言葉に僕はドキリとした。

『飽きちゃったんだよ』

　何故だか胸が痛くなる。

　平穏な日常。当たり前のように傍で微笑んでくれる笑顔。僕を温めてくれる温もり。

　それら全てが惰性の産物のように思えてきた。

　ジェットコースターの悲鳴。観覧車の横顔。僕はそれらで幸せを享受していたはずなのに、その半面何故だか妙に色褪せて感じてしまう。

　その後僕はいたたまれなくなって、部室をそっと後にする。

　キャンパスは新しい出会いや青春を謳歌しようとするエネルギーに満ち充ちていた。

　その中で僕だけが取り残されているような気がした。

　華穂の所属するテニスサークルも部員総出でビラを配っている。その一員の中に華穂の顔が見えた。要領が良いとは言えないし恥ずかしがり屋だが、いつも一生懸命な華穂らしい振る舞いを見せていた。

　そんな彼女とふと視線が合う。お互いに小さく手を振り合った。

そうした瞬間に得られる小さな温もりは決して偽りではない。

でもどこかわざとらしく感じるのは、僕の心がスレてしまったからだろうか。

僕は華穂を愛している。

それは間違いない。

しかし彼女を中心とした生活に、どこか冷めた自分がいる。

そのまま大学構内を出て近所のコンビニに向かった。

何の用事もなく入った店内で、僕はゴシップ雑誌を手に取った。

何をやっているんだろうと自嘲する。こんな事なら部室にいたままでもできたじゃないか。

目新しさを探しに出た結果がこれでは笑うに笑えない。

しかし他にするべき事も見つからない僕はそのままページをパラパラと捲っていく。

特に目当ての記事はない。芸能人のスキャンダルにも興味はなかった。

しかしその中で目が引っ掛かるページがあった。

『夫婦の倦怠期撃退法！』

そんな記事だった。

この前阿藤先輩が読んでいた雑誌と同じなのだろうか。ハプニングバーやらスワッピングなど、読者による過激な体験談が投稿されていた。
その中で特に僕の目を引いたのは、長年連れ添った愛妻を他の男に抱かせたという
エピソードだった。
寝取らせ。
その記事にはその行為がそう記されている。
僕はまるで大きな渦巻に引きずりこまれる船舶のようにその記事を目で追った。
その体験談には『公認浮気デート』と銘打たれていた。投稿者が自身の愛妻を若い
男に貸し出し、自分の代わりに夜の営みを育ませているのだという。
そこには投稿者の苦悩と葛藤、そしてそれらを上回る興奮と刺激が記されていた。
妻が他の男に抱かれる姿を覗き見、胸を痛めながらも法悦を感じている。
僕は時間も忘れてその体験談に目を通し、そして読み終えると生唾を呑み込んだ。
気が付くと心臓が高鳴っている。
その行為は余興と呼ぶにはあまりに冒涜的だった。世間一般からは非難されて然る
べきものだろう。
しかし僕はその物語を追体験する事によって、ある種の渇望が喉の奥で芽吹くのを
感じた。

僕はその変化に大きな罪の意識を感じると、雑誌を元に戻して逃げるように大学へと戻った。

キャンパスで行われていた部活への新人勧誘はすっかりと落ち着きを見せ、桜の花びらが舞う下でいつものように華穂が僕を待っていた。先程までのようなテニス部としてのユニフォームではなく、ワンピースにカーディガンを羽織った如何にも華穂らしい清楚な春の装いだった。

視線が合うと彼女ははにかみ、小さく手を振る。

僕は慌てて駆け寄った。

その足取りには変わらぬ日常への安堵があった。何も変わらない恋人の笑顔が僕の乱れた心を静めてくれる。

「どうかしたの？　ちー君、顔色が少し悪いよ？」

華穂が心配そうに僕の顔を覗き込む。

「大丈夫だよ。さぁ帰ろう」

僕は彼女を先導するように歩き出す。華穂は遅れまいと小走りで隣に並んだ。

「部員は集まった？」

未だに鼓動が収まらない僕が、少しでも気を紛(まぎ)らわせたくてどうでも良い世間話を振る。

「うん。結構興味を持ってくれた人がいたよ」

華穂は嬉しそうに微笑んだ。

「そっか。良かったな。こっちはからっきしだよ。毎日阿藤先輩と二人きりだ」

そう冗談めかして言うと、彼女は可笑しそうにクスクスと上品に笑う。

会話はそこで一旦途切れてしまった。

でも僕らの間では静寂は珍しい事ではない。元々お互いに口数が少ないのだ。それでも心は繋がっていると自負していた。

しかし通ずる想いはポジティブなものばかりではない。

そのまま数分歩いた頃合いだろうか。

華穂が僕のジャケットの袖を不意に掴んだ。

僕は多少の驚きと共に立ち止まり振り返った。彼女が人前では手を繋ぐのはおろか、僕の衣服を掴むのでさえ恥ずかしがるような女の子だったからだ。

なのでその行為には何らかの強い気持ちがあるのだと感じずにはいられなかった。

彼女は相変わらず慎ましく微笑んでいた。薔薇のような華はなくとも、誰にでも安心感を与える小春日和の陽だまりめいた笑顔。

「なにか悩んでるの？」

愛くるしい瞳が僕をじっと見つめてる。

「……なんで？」

「ここ最近少し変だったから」

「そうかな」

「うん。少し無理してるっていうか……遊園地でも……」

華穂はそこで言い淀む。

考えてみれば至極当然の事だった。すっかりツーカーの仲となっている僕らだ。互いに異変があればすぐさま気付くに決まっている。

遊園地の僕は少しわざとらしく楽しそうに振る舞っていたように思える。

華穂にしてみればこれでも待った方なのだろう。いつ僕から悩みを打ち明けてくれるのかとソワソワしていたに違いない。

僕は誤魔化すのも無駄だなと瞬時に悟る。

「大した事じゃないよ」

そう言って再び歩き出した。その後ろを華穂がとことことついてくる。

「それでも話して欲しいよ」

珍しく頑固だ。それもそうだ。立場が逆ならきっと僕も同じ事をしていた。

華穂の存在は僕の短い人生の中で、あまりにも大きなウェイトを占めている。

僕は文字通り彼女と共に青春を歩んできた。僕を構成する血肉の半分以上は彼女との思い出でできているんじゃないかと思えてしまうくらいだ。

僕という存在は、華穂への想いでできている。

そんな確固たる愛情があるからこそ、この悩みはそう簡単には口にはできなかった。

僕が華穂を主軸に置いたこの生活に飽いてしまっている。

そんな事、口が裂けても言えない。

それでももはや黙ったままではいられない。華穂の追及に対して、いつまでも口を閉ざしたままではいられない。

僕は決して自分が清廉潔白な人間だとは思わないけれど、華穂との間には誠実な絆が結ばれていると信じていた。

その日の晩、僕は華穂を抱いた。義務感に塗れたセックスだった。

そしてそれが終わると華穂のたわわな胸に顔を埋めて全てを告白した。

最近感じる虚無感。倦怠感。

華穂に不満があるわけじゃない事は繰り返し説明した。

ただ繰り返される日常に、嫌気が差してしまっている事を強調した。

彼女は僕の後頭部を優しく撫でながら、じっと黙ったままそれを聞いてくれていた。

月光がカーテンから漏れてベッドの上を照らしている。

「私にできる事はなにかある？」

頭に思い浮かんだのは、昼間読んだ雑誌の体験談。

しかしそんな事は彼女に頼めるはずもない。

「いや。話を聞いてくれただけで十分だよ」

「嘘。本当はなにかあるんだ？」

やはり彼女は僕の事については鋭い。

「本当だって」

僕は彼女の追及から逃れる為に、再び彼女の上に伸し掛かった。

若さは有り余る性欲を与えてくれる。しかしマンネリした空気はそれすらも阻害してくる。要は中々勃起(ぼっき)しない。

僕は試しに心の中で、あの体験談の真似事をシミュレーションしてみた。

華穂が誰かに抱かれている姿を想像するのだ。

相手は誰にしよう。

自然と身近な存在。阿藤先輩が思い浮かんだ。

あのラグビーで鍛えた巨躯が、この華奢な恋人に覆い被さっている光景を想像する。

すると嘘のように僕は鼻息が荒くなり、心拍数が上昇し、そして痛いほどに勃起した。

再び華穂の中に入る。彼女の中は息苦しい程に狭い。なので柔壺による密着感はコンドームをしていても強烈だ。

「……んっ」

僕が奥まで入ると、彼女はしおらしい声を上げて僕を見上げる。そして冗談めかして言う。

「やっぱりなにかあるんだ」

彼女が訝しむのも当然だろう。今まで僕らのセックスと言えば、一度交わればそれで終わりとした比較的淡泊なものだったから。こんな風に立て続けに求めるような事は滅多にしない。

他の誰かに抱かれる華穂を想像すると、僕の抽送は自然と獣じみたものになった。

独占欲と嫉妬に駆られ、今まで以上に彼女を愛そうと身体が勝手に動いた。

今までにないくらい激しくギシギシと揺れるベッドの上で、華穂は眉を八の字にさせると下唇を結った。

「……ちー君。少し怖いよ」

そうは言いながらも、激しく求められる事に満更でもなさそうだった。

そんな彼女に僕は我を取り戻して、ピストンを一旦中止する。僕の胸元から汗が滴り落ちる。

「……ごめん」

僕は興奮による荒い息遣いを抑えきれないまま謝罪した。身勝手な妄想で身勝手に彼女を犯してしまった自分を嫌悪すらした。

しかし彼女はそんな僕を咎める事もせず、右手をそっと優しく僕の頬に添えてきた。

「ちー君。お願い。話して」

彼女の眼差しは僕を包み込むような慈しみに溢れていた。

「私、少しでも力になりたいから」

そんな彼女に甘えるように正常位で繋がったまま、僕は全ての想いを吐露した。

僕が感じている退屈。

そして求めている非日常。

身も心も一つに溶け合ったままで告白した。

　華穂が他人に抱かれている光景を妄想して強く昂った事も。

　そんな下卑た自白に対して、華穂は嫌悪の欠片も浮かべる事はなかった。

　僕は自分が恥ずかしくて堪らなかった。でも彼女は嘲る事もせずに真正面から受け止めてくれた。

「ありがとう。話してくれて」

　彼女はそう言った。

「でも、少し考えさせて欲しい……」

　そして困ったように微笑んだ。

　その晩、華穂は僕の家に泊らずに、自分のアパートへと戻って行った。

　僕は一人ベッドの中で酷く後悔しては落ち込んだ。

　倦怠期なのではないかという疑問を投げかけるのはまだ良い。その解決案として、他人に抱かれる姿が見たいなどとは、いくら懇願されようとも、胸の内に留めておくべき劣情だったと思う。

　一体彼女はどれほどのショックを受けただろうか。

『考えてさせて欲しい』

　その言葉は今後の僕らの関係を、という意味ではないか。

僕は悶絶するようにベッドの上で転がり回った。

いくら華穂が僕のワガママを何でも聞いてくれるような母性に満ちた人でも、限度というものがあるだろう。


『そんな変な事を言い出す人だと思わなかった』

『違うんだ！　誤解だ！』

断崖絶壁で華穂と言い争っている。

『申し訳ないんだけど、他の人に当たってもらっていいかな？　私じゃちー君の願いは叶えられそうもないよ』

『待ってくれ』

僕は必死に手を伸ばすが、どうしても足が動かずにいた。そうこうしている間に、華穂は断崖絶壁の向こうに身を投げてしまう。

『華穂――――！！！』

翌朝、目を覚ますと半身がベッドから転がり落ちてしまっていた。

「……夢か……」

酷い寝汗を掻いている。

シャワーを浴びながら僕は肩を落とした。

「一体どんな顔をして華穂と会えば良いんだ……」

今日も今日とて平穏な日常が始まる。それはつまり朝の電車で華穂と顔を合わせる事を意味する。

電車の時間を遅らせようか迷ったが、僕が言い出しっぺなのだから逃げるわけにはいかない。

でももし振られてしまったら……。

そんな考えが頭をよぎる。

僕は一歩踏み出す度にため息を漏らしながら駅へと向かい、そして電車に乗った。

昨晩、勢いに任せて全てを話してしまった事を今更ながらに悔いる。

華穂は僕の全て。失いたくない。

そんな不安に苛まれた。

そしてついに華穂が乗り込む駅へと到着する。

華穂も時間をずらすような事をせずに、いつも通りの電車に乗り込んできた。

しかしその様子はいつも通りとは言えない。

明らかに表情が強張っているし肩もガチガチだ。

見るからに緊張していた。

「お、おはよう」

「……おはよう」

僕らはぎこちなく挨拶を交わす。そして無言のまま電車の時間をやり過ごした。息詰まるような空気の中、僕らは何度かお互いを盗み見るように視線を重ねた。そしてその度に気まずそうに俯いた。

そんな調子のまま電車から降りると、僕が半歩先を歩いて大学へと向かう。自然と僕の歩調はいつもより慌ただしいものになっていた。

何を話したらいいのかわからない。

まずはやはり謝るべきだろう。

そう決心し、足を止めて振り返ろうとした刹那だった。

華穂が僕のジャケットの袖を掴んで立ち止まる。そして消え入りそうな声で言った。

「……あのね……昨日一晩考えたんだけどね……」

喉の奥から無理矢理ひり出しているかのようなか細い声だった。彼女は顎を引いて、耳まで真っ赤にしている。

僕は緊張で相槌を打つ事も忘れてそんな彼女を見下ろす。

別れを切り出されるかもしれない。そんな不安がこみあげた。

しかし華穂の口から漏れたのは予想外の言葉だった。

「…………良いよ。ちー君がしたいようにしても……」

駅から大学へと延びる長い坂の途中で、僕らは時間が止まったようにそこに立ち尽くした。

「……え？」

僕が尋ね返すと、華穂は袖をぎゅっと強く握り返す。

「だ、だから……昨日言ってた、ちー君がしたい事…………別に良いよ」

僕は一瞬彼女が何を言っているのかわからなかった。

それくらい混乱していた。

僕が密かに妄想に、願望していた事。

華穂が他の男に抱かれる事。

それを彼女が了承した？

僕は信じられないといった様相で華穂と向き合った。すると彼女はモジモジと恥ずかしそうに左右の人差し指をイジイジとこねくり回しながら、目を伏せたまま言った。

「……ちー君に……飽きられたくないから」

その甲斐甲斐しい表情と声色に僕の心臓は跳ね上がった。要は華穂に惚れ直したのである。

僕は慌てて彼女の肩を掴んで弁明する。

「か、華穂の事を飽きるだなんて、そんな事あるもんかっ！」

しかし華穂は寂しそうに地面を見つめたまま言う。

「……でも……平たく言えばそういう事なんでしょう？」

「ち、違うよ。あくまで僕の生活そのものに刺激がないなって話で……」

必死に取り繕おうとする。しかし今更誤魔化そうとしても無駄なのだ。

僕にとっての生活、人生の大部分がイコール華穂なのだから。

華穂は漸く顔を上げる。気弱なところを見せまいとする健気な微笑みだった。

「私なら大丈夫だよ……ちー君の為だったら…………うん」

僕は彼女の献身が愛おしくて愛おしくて、衆人環視の中で彼女を抱きしめた。

周囲は僕らと同様に大学に登校する人間で溢れていたが、そんな事なんて気にする余裕もなかった。

ただただ華穂を抱きしめたかった。

そして華穂も、数秒驚いて硬直した後に抱きしめ返して来た。

僕らを追い越していく学生の中には同級生もいて、僕らをひやかすような言葉を投げかけていたがそんなものは耳には届かなかった。

人前で手を握る事すら気後れしてできなかった僕らは、衆人環視の中できつく抱き合った。

「……ごめんな」

何に対しての謝罪だろうか。自分でもわからなかった。

華穂はただ僕の胸の中で首を横に振っていた。


華穂が『寝取らせプレイ』を承諾してくれた。

となると必要なのは間男役である。

僕は講義そっちのけで一日中その事を考えていた。

条件としてはやはりまず信用できる人でなければならない。それも一朝一夕の信頼では事足りない。

何しろ大事な大事な恋人を『抱かせる』のだから。どこの馬の骨ともわからない人間に任せられるわけがない。

しかしそんな人が見つかるのだろうか。そもそもどこで見つけるものなのだろうか。

うんうんと頭を悩ましながら、放課後になるといつもの癖でＵＭＡ研究会へと足を向けた。

そして扉を開けると阿藤先輩が両脚を机に放りだしてお菓子を豪快に頬張っていた。

僕の入室に気付くなり気さくに片手を上げる。

「よう千草。お前も暇人だな」

僕は阿藤先輩を見かけるなり、頭の中でピースが全てはまりこんだ。

信頼できる人間が身近にいた。

僕は早足で阿藤先輩に近づくと、鼻息を荒くして彼の手を両手で包み込むようにして握った。

「阿藤先輩！」

「な、なんだよ……気持ち悪いな」

戸惑い素っ頓狂（すっとんきょう）な声を上げる彼に、僕は真っすぐな瞳を向ける。

「…………華穂を、抱いてください」

その日の晩、僕の部屋に華穂と阿藤先輩が集まった。

「いきなりとち狂ったかと思ったよ」

阿藤先輩はそう笑いながら缶ビールを口にした。

僕と華穂は到底お酒を嗜む気分にはなれず、並んで座って阿藤先輩の言葉を待ち続けた。

「俺としては冗談で言ったつもりだったんだけどな。まさか千草がそこまで思い詰めてたなんて知らなかったから。ごめんな華穂ちゃん。俺が発端みたいになっちゃって」

阿藤先輩がそう言うと、華穂は黙って首を横に振った。

当然だがこの二人も面識がある。僕がお世話になっている先輩なのだから、華穂も以前から交流があった。と言っても時々三人で学生食堂を共にするくらいだが。

「俺が言うのもなんだけど、もうちょい考えた方が良いんじゃねーの？」

阿藤先輩はそんな事を言うが、僕の決心はもう固かった。何もこの数日だけ悩んでいたわけではない。ずっと僕を覆う退屈な日常を漸く引き裂いてくれそうななにかが見つかったのだ。

華穂にしたって一生懸命考えた結果の承諾なのだ。

阿藤先輩は僕の目を見ながら、片手を対面して座る華穂へと伸ばした。

「例えばこうやって俺が華穂ちゃんの手をこうするだけでもさ……」

阿藤先輩が華穂の手を握る。

華穂はビクっと身体を震わせ、瞬間的にその小さな手を引っ込めた。

僕はたったそれだけでも心臓を鷲掴みにされたような嫉妬に駆られた。

「ほら、二人ともすごく嫌がってんじゃん」

阿藤先輩に諭されて、僕達は口を噤んでしまう。

その無言を打ち破ったのは意外にも華穂だった。

「良いんです！　私達が話し合って決めた事なんです！」

ぎゅっと下唇を噛んで、目尻に涙を浮かべた表情で阿藤先輩を見つめる。その表情は並々ならぬ覚悟を感じさせた。

「私達の未来にそれが必要というなら……私は我慢できます」

そう言って今度は華穂の方から阿藤先輩の手を握った。華穂の手は震えていた。

阿藤先輩は苦笑いを浮かべながら頬を掻く。

「そう真正面から我慢って言われるとなぁ……俺とスルのはやっぱり嫌？」

華穂は間髪を入れずに勢い良く首を縦に振った。

しかしその力強い視線は阿藤先輩から外さない。

阿藤先輩は笑うしかないといった様子だった。

「華穂ちゃんは結構千草以外にだと遠慮がないよね……」

確かに華穂にはそういう一面があるかもしれない。とにかく彼女は僕に対して優しすぎるのだ。

だからこそこんな申し出も受けてくれたのだろう。

阿藤先輩は僕に向かって口を開く。

「千草。マジで華穂ちゃんに感謝しろよ。こんな甲斐甲斐しい彼女なんて普通は見つからねーぞ」

そう言いながらも阿藤先輩の鼻の下は伸びていた。

「俺もこんな役得……じゃない。苦しい役は辛いんだからな？」

阿藤先輩の下心は明らかだった。しかしそれも当然だと受け止める。贔屓目抜きに華穂は魅力的な女の子だ。それを何のリスクもなく抱けるというのだから、通常の男にとっては据え膳以外の何ものでもない。

阿藤先輩が華穂を性的な目で見ている。手を握り直して、期待に濡れた熱い視線を送っている。

華穂はそれに気付くと顔を赤くして俯いてしまった。

僕はというと正直なところ阿藤先輩への苛立ちを覚えてしまう。こんな事を頼んでおいてあまりに身勝手な感情だが、それでもやはり彼氏としての矜持はどうにも抑えきれない。

しかし僕以外の男と繋がれた華穂の手は、僕の心臓を慌ただしくさせるには十分すぎる程の不穏な光景だった。

僕しか知らない華穂の手の平の感触を今、阿藤先輩に握られている。

あのしっとりとして、そしてか弱くも柔らかい華穂の手。

僕はそれだけで嫉妬に狂いそうになった。

今すぐにでも身を乗り出して、その繋がれた手を払いのけたくなる。

そんな僕を阿藤先輩は陽気に笑った。

「おいおい。俺に殺気を向けるなよ」

「す、すみません……つい」

「まぁお前らがちゃんと話し合って納得しあってんならそれでいいよ。それじゃあ早速……」

阿藤先輩が華穂の腕を引いて自分の方へと引き寄せようとする。

しかし華穂はそれに抵抗してその場を動こうとしない。上半身だけが前のめりになっている。

「……華穂ちゃん？」

「その……すみません。どうしても身体が動かなくて」

「千草への愛ゆえに、か」

阿藤先輩はうんうんと頷きながら、それならばと自ら腰を上げた。そして華穂のすぐ真後ろに座ると、その両腕をシートベルトのようにして華穂を抱きしめた。

平均的な体格の僕よりも一回りも二回りも大きい彼が抱擁すると、華穂の華奢な身体は全て呑み込まれてしまいそうだった。

そんな光景に僕は思わず阿藤先輩の肩を掴んで引き留めようとしてしまう。服の上からでもわかる筋骨隆々とした身体。

華穂は華穂で目をぎゅっと閉じて表情を強張らせ、背を丸めようとして防御姿勢を取っている。

「そんな露骨に嫌がられるとなぁ……」

阿藤先輩は困ったように笑った。

「……すみません……なんか身体が勝手にこうなっちゃって……」

「まぁその内慣れるさ」

緊張しっきりの僕と華穂とは違い、阿藤先輩はやけに落ち着き払っていた。

「阿藤先輩は平常心ですね」

僕の言葉に彼は頭を掻きながら答えた。

「あまりに突拍子もない話だしな。他人事のように思えるよ」

「……実はこういう事に慣れてるんだと思いました」

「バカタレ。女性経験はそこそこだが、こんな特殊なプレイに関わるのは流石に初めてだっつうの」

そう言うと再び華穂を抱き寄せる。

「そんなわけで俺も緊張してんだぜ。ほら、俺の心臓の音聞こえる？」

彼は自分の胸と華穂の背中を密着させて、心音を聞かせようとしていた。

そんな事に意識を向ける余裕もない華穂は首を小さく横に振った。

「うっそー。聞こえないか？　結構ドキドキしてるんだけどなー」

軽々しい様子でそんな事を言いながら、彼の両腕が華穂の胸元へと伸びた。

「きゃっ！」

華穂の制止も敵わず、阿藤先輩の手が華穂の胸を持ち上げるように触った。体格の差は歴然としている。本気で抵抗しようが華穂にはどうしようもできない。

「意外とどっしりとした重さ」

華穂は見る見る内に顔を真っ赤にさせた。

あまりに唐突な出来事だったのか、心身共に硬直してしまっている。

それは僕も一緒だった。

目の前で華穂が他の男に胸を触られている。後頭部を金属バットで殴られたような衝撃が襲った。

更には阿藤先輩の両手ががっつりと胸を鷲掴みにした。

「ボリュームも半端ねえな」

「……っ！」

華穂はもう言葉を発する事もできずに俯いてしまった。

こんな姿を僕に見られたくないという想いが伝わる。

しかし僕はただただ阿藤先輩に胸を揉まれる華穂を凝視してしまった。

阿藤先輩は笑った。

「お前ら二人ともももう少し肩の力抜けよ」

そんな事を言われても平常心でいられるわけもない。

「大丈夫だって。大事な後輩の大事な彼女なんだから。取って食ったりはしねーよ。いやある意味ご馳走にはなるんだけど」

そう言ってガッハッハと豪快に笑う阿藤先輩の腕の中で、華穂が助けを求めるよう

に僕に視線を送ってきた。

僕の心臓が痛む。

「華穂……やっぱり止めとこうか……？」

しかし華穂はただの気弱で可憐なだけの女の子ではなかった。

僕の内情を完璧に理解し、その上で解決したいという鉄の意志を持っていた。

「……大丈夫。ちー君の為に頑張る」

今一度互いの決意と覚悟を確かめ合う僕ら二人に対して、阿藤先輩が提案する。

「いきなりお互い目の前でするのはハードルが高いんじゃないか？」

「……そうかもしれません」

情けない事に僕はあれだけ華穂が他の男に抱かれる姿に執心していたのに、いざその現場を前にすると逃げ出したくなってしまっていた。とてもじゃないが直視できない。

華穂の方も表情からは、俺に見られているよりかはまだマシだと言わんばかりの機微が読み取れる。

僕は一瞬の躊躇（ちゅうちょ）の後、華穂とアイコンタクトをすると腰を上げた。

「……終わったら……また連絡してください。それまで外にいます」

「わかったよ。華穂ちゃんもそれで良いか？」

華穂は阿藤先輩に抱きしめられながら、小さく頷いた。

僕は自分の部屋をまるで幽鬼のような足取りで出ていこうとした。まるで現実感を感じない。視界が揺れる。

今から僕の部屋で、華穂と阿藤先輩がセックスをする？　どうして？　僕が望んだからだ。

ふらつきながらも玄関に到着して、ドアノブに手を掛ける。すると背後から華穂が震える声で僕の名を呼んだ。

「…………ちー君……」

僕は慌てて振り返った。華穂がやっぱり中止を懇願すれば、僕は全力で駆け寄り華穂を阿藤先輩から奪還してそのまま抱き寄せただろう。

しかし華穂は芯の強い女性だった。僕の為に、僕の願いを叶えようとしてくれる。

「……頑張るからね……」

僕はその言葉を複雑な感情で捉えた。このまま劣情の赴くままにプレイを果たしたいという気持ちと、心のどこかで華穂に泣き言を投げかけて欲しいという気持ちが混在した。

自分の弱さを呪いながらも、僕は彼女の決心を無駄にしない為にドアノブを回した。

「……外で待ってるからな」

そうして僕は外に出た。

春先の夜はまだ空気がひんやりとしていた。しかし寒さはこれっぽっちも感じない。気が付けば汗を掻く程に、僕の心身は内側から火照りきっていた。

扉に背を預けて一息つく。夜空を見上げると無数の星が瞬いている。

僕は息苦しさに胸を押さえた。途端に不安が襲ってくる。

今頃部屋の中ではどうなっているのだろうか。

よくよく考えれば、華穂が他の男と密室で二人っきりという状況ですら僕は初めてだった。それだけで気が狂いそうになる。

どうにかして室内の様子を探れないかやっきになる。扉に耳を当ててみたが何も聞こえない。

裏庭に回ってバルコニーから中を覗けないかどうか思案していると、携帯に阿藤先輩からメッセージが入る。

『せめて音声くらいは把握してないとお前も不安だろ。華穂ちゃんには内緒だぞ？』

そのすぐ直後に、阿藤先輩からの着信が鳴った。

僕はそれを取ると携帯が耳にめり込むのではないかという勢いで電話に集中した。

少し遠い音が聞こえてくる。

華穂には内緒といっていたので、僕に電話を掛けた後でその辺の床かテーブルにでも置いたのだろう。

華穂もそんな事に気付くような余裕はなかったに違いない。

彼女に秘密というのは少々気が引けるが、阿藤先輩の言う通り少しでも中の様子を知っておきたかった。

ただただ華穂を男と二人きりにしているだけなのは心が張り裂けそうだったのだ。

しかし事の一部始終を目の前で見届ける勇気は今の僕にはなかった。

『それにしてもこんな事よくオッケーしたね。華穂ちゃん』

気負いのない、それでいて少し浮かれた阿藤先輩の声が聞こえる。

少し遅れて華穂の返事が聞こえた。

『……少し前からちー君がなにか思い悩んでいたのはわかっていたんです……』

そして一呼吸置くと言葉を続ける。

『ちー君がちゃんと全部話してくれた時、すごく安心しました。でも同時に怖かったんです。このままじゃちー君に飽きられるんじゃないかって』

その声には悲愴が混じっていた。

僕が華穂に飽きるなんてそんなわけがないじゃないか。通話口に向かってそう叫びたい気持ちになった。

しかし実際僕は平穏の中に刺激を求めてしまっている。自己矛盾を抱えながらも僕はひたすら音声に聞き入って、雑音の一つも聞き逃さないようにしていた。

より一層耳を凝らすと、なにか衣擦れのような音が聞こえる。布の上からなにかを凝らすような音だ。

その音の正体はすぐにわかった。答え合わせは阿藤先輩の声で行われた。

『それにしても華穂ちゃんってこんな胸が大きかったんだな。驚いたよ』

僕が部屋を出る直前の二人の体勢を思い返す。阿藤先輩が華穂を後ろから抱きしめていた。そして華穂は今日も清楚なワンピースを着ていた。その上で少しでも露出を抑えようとしてかジーンズも穿いていた。

とにかく今は、阿藤先輩が華穂の胸を触っているという事だ。

あの一見大人しそうな目鼻立ちをした華穂に隠れる、僕しか知らないたわわな果実を他の男が味わっている。

その事実は僕の心臓を締め付ける。

『ほら、俺の手でも掴みきれないもん。何カップあるの？　F？　G？』

阿藤先輩は能天気な様子でそう尋ねる。

対して華穂は恥ずかしくて答えられないようだった。その情景がありありと脳裏に浮かぶ。

僕以外の男から胸を揉まれながら、更にはサイズを尋ねられるなんて華穂にとっては辱めの極みだろう。

『これはGはあるかな。Gでしょ？』

しつこく尋ね続ける阿藤先輩に華穂は返答しない。

しかし無言のまま頷いたのか、阿藤先輩は満足そうに言った。

『やっぱりな。俺の見立てに間違いはないんだよな』

そして更にはこんな事まで言い出した。

『俺さ、服の上からでも乳首の位置を当てるの得意なんだよね。ここでしょ？』

『やっ……』

『お、当たった？』

『……恥ずかしいです……』

阿藤先輩としては緊張をほぐす為のレクリエーションの一環としてそんな事をやっ

ているみたいだが、華穂は本当に恥ずかしそうだった。

そして華穂の反応から鑑みるに、本当に乳首の位置を当てているようだった。

『ここでしょ？　ほら、摘まんであげるね。ぐりぐり』

『やっ、あっ』

華穂の声は依然としてか細い声のままだったが、それでもなにか切羽詰まるようなものを感じた。

きっと華穂は身を捩りながら抵抗し、俺以外の男に乳首を触られてしまった事を自戒したに違いない。そしてはしたない声を上げてしまったとその色白の顔を赤く染めているのだろう。

『ははは。華穂ちゃん、耳まで真っ赤だよ』

阿藤先輩の発言で裏取りもできた。

それにしても彼は一々わかりやすく僕に状況を伝えようとしてくれている。それは彼なりのサービスなのだろう。

その気遣いは嬉しいやら、胸が苦しいやらで複雑だった。

『乳首弱いのかな？　じゃあもっとぐりぐりしてあげるね』

『や、やめてください………』

『そう遠慮しないで。大事な後輩の彼女なんだからさ』

そう言うと彼は愛撫の手を続けたのだろう。

『……んっ……あぁっ………はっ……あぁん……』

華穂の口から悩まし気な吐息が連続した。

僕はもういてもいられない焦燥感に襲われ、その場をうろうろとノイローゼの熊のようにうろつく。

華穂は阿藤先輩の手から逃れようとしたのだろうか。

『ほら、離れちゃ駄目だって』

阿藤先輩のそんな声がする。

『……すみません……もう許してください』

華穂の泣きそうな声。しかし男を前にその可憐な泣き言は、もっと虐めてくださいと言っているようなものだった。

『もっと強く摘まんであげるね』

電話の奥からぎゅうっ、と音が聞こえた気がする。

華穂のそれが吐息ではなく明確な喘ぎ声となって響き渡る。

『あぁっ、んっ！』

『見た目通り可愛い声出すんだね』

『……あの……やっぱりもう……』

華穂がなにか言おうとする前に、もぞもぞと音が聞こえた。その音の正体はすぐに阿藤先輩の口から語られる。

『華穂ちゃんの生乳ゲット。すごいモチ肌じゃん。指に吸い付いてくるよ』

彼が衣服の中に手を突っ込み、華穂の乳房を生で触った音だったのだ。

華穂とは一心同体の俺は、彼女の顔が益々かぁっと熱くなるのを手に取るように感じ取った。

『直接乳首摘まんであげるよ。ほら、ぎゅっ、ぎゅっ』

『やっ……あっ……』

『ぎゅ～～～』

『んっ、あぁ……』

そんなやり取りの後、ちゅっ、ちゅっ、ちゅっ、となにかを唇で啄むような音が聞こえた。二人がキスをしている？　僕の嫉妬が最高潮へと達しようとする。

しかしそれは僕の早計だった。

『ほら華穂ちゃん。こっち向いて。キスしようよ』

どうやら先程の音は首筋かなにかへの愛撫だったらしい。

そして華穂は消え入りそうな声ではあるが、はっきりと断言した。

『…………あの、キスだけは、無しでお願いします。ちー君とだけで、お願いします……』

その言葉は幾許(いくばく)か僕を安心させた。

大事に携帯を両手で持ちながら、何度も華穂にありがとうと小声で連呼した。

『そっか。了解』

阿藤先輩はキスを断られた事に気を悪くした様子もなく、むしろ快く承諾するとそのままプレイを続けた。

『それじゃあ脱がすね』

『……あの、すみません……電気を……』

『はいはい』

ドスドスと足音が鳴り、パチンとスイッチを押す音がした。

『それじゃあベッド行こうか』

華穂は無言だ。しかし確かに人が一人ベッドに寝かされた音がした。

音が離れる様子はない。阿藤先輩は上手い事携帯を移動させてくれたらしい。ベッド脇のテーブルにでも置いたのかもしれない。二人の息遣いが聞こえてきそうな程に音質はクリアだった。

衣擦れの音がする。二人が服を脱いでいるのだ。

華穂は自ら脱衣しているのだろうか。いや、そんなはずはないだろう。彼女はベッドの上で硬直しているに違いない。

人形のように身じろぎ一つしない彼女から、阿藤先輩が脱がしているのだ。

その最中に、華穂は言う。

僕の部屋で、僕以外の男に裸にさせられながら言う。

『……本当に、本当に悩んだんです』

『だろうね』

阿藤先輩は会話に応じつつも、彼女から衣服や下着を脱がす事を続ける。

『……こんな事が正しいのかなんて、私にはわかりませんでした……』

『ちょっと背中上げて。ブラのホック取るから』

『…………でも怖かったんです。万が一にもこれからちー君に必要とされなくなったらどうしようって。飽きられたらどうしようって』

『あいつはそんな男じゃないよ』

『……それは私が一番わかってます。それでも不安で……他に取る道がなかったんです』

『大丈夫。今は俺に身を任せな』

するするとショーツが脱がされていく音と、それがベッドの脇に放り投げられる音がした。

『それじゃ、俺も裸になるから』

やはり阿藤先輩は僕に実況をしてくれているようだった。何故ならわざわざそんな事を口にする必要はないからだ。そしてやはり阿藤先輩の口振りからは、後輩に対する気配りを感じる。

二人が今ベッドの上で全裸になっている。

阿藤先輩の身体は言うまでもなく僕よりも逞しくて男らしいだろう。見るからに肩幅が広く胸板も厚い。筋肉に覆われた裸体だ。

そしてなにより阿藤先輩が華穂の全裸を見ている。その事実がまた僕の心臓を縮こませる。

華穂の真面目で内気そうな雰囲気からはかけ離れた豊満な乳房。その頂点に存在する薄桃色の乳輪に、形の良いこぢんまりとした乳首。テニス女子らしい引き締まった手足と腰のくびれ。すぅっと縦に切れたヘソ。陰唇が見えそうな程に薄い産毛めいた陰毛。

それら全てを余すことなく阿藤先輩は観察し、そしてその卓越した女体に胸を躍らせているに違いない。きっともう陰茎も硬くして跳ね上がっているだろう。

『やっぱりテニスをやっているからかな。すごくスタイルが良いね』

先程まで余裕を感じさせていた阿藤先輩の声が少し上擦っていた。

華穂からの返答はない。代わりにベッドの軋む音がした。

僕にはわかる。華穂は恥ずかしいと口に出せない程恥ずかしがっており、ベッドの上で身を捩らせて少しでも視姦される表面面積を少なくしようとしたのだ。

華穂の恥ずかしさは最高潮に達しているだろう。しかし阿藤先輩は更に追い込むように尋ねた。

『俺の身体はどう？　見てみてよ』

暫く返答はなかったし、何の音もしなかった。

その問答を越さないと先には進めない事を察したのか、華穂はおずおずと答える。

華穂が、阿藤先輩の全裸を目にしたのだ。

『………少し怖いです』

阿藤先輩が笑う。

『えーマジで？　どの辺が？』

『……すごく身体が大きいし、ゴッゴッしてます……』

『そりゃ千草と比べたらなぁ。ラグビー部の知り合いは皆こんなもんだったぜ』

『……でもちー君くらいが安心します』

『あっはっは。それは単に華穂ちゃんが千草の事を好きだからだろ？』

『…………まぁ……そうかもしれませんけど』

『大きくてゴッゴッしてるのは身体だけ？　こことかはどう？』

華穂の声が一際小さくなり、そして恥辱とも嫌悪とも言えない色がその声に混じった。

『……やだ……』

『酷い言い草だな』

阿藤先輩はやはり愉快そうに笑うと言葉を続けた。

『千草以外のを見るのは初めて？』

声は聞こえない。しかし華穂は頷いたはずだ。華穂の処女は当然僕が奪っているし、それからずっと華穂は僕以外と男性経験がない。

華穂は半ばやけくそ気味に言う。

『……しまってください。それ』

『華穂ちゃんがよしよしって撫でてくれたら大人しくなるかもよ？』

『しません』

華穂もある程度状況に慣れて吹っ切れてきたのか、それとも会話を交わす度に緊張がほぐれてきたのか、ともかく阿藤先輩に対する口調はいつも通りの親しみと気安さを取り戻していく。

『……阿藤先輩のそれ、怖いです』

『それって何？　ちゃんと言ってみて』

阿藤先輩も調子を取り戻しつつある華穂に向かって、冗談っぽくそんなセクハラ紛いな問答を仕掛ける。

『……っもう…………それはそれです……というか』

『というか？』

『……太すぎです。そんなの入りません』

『千草のより大きい？』

『……ちー君のは……なんていうか…………もっと優しい感じです』

『どんなんだよそれ』

大笑いする阿藤先輩に向かって、華穂はちょっとムキになる。

『と、とにかく、阿藤先輩のそれは少し怖いです……こっち向けないでください』

『そういうわけにはいかないだろ。これからこれを華穂ちゃんの中に入れたり出したりするんだから』

華穂が息を呑む声が聞こえた。阿藤先輩の言葉を想像したのだろう。

『っ！　せ、せめてもう少し大人しくさせてください』

『華穂ちゃんがナデナデしてくれたら大人しくなるかも』

『しません』

『じゃあちゅぱちゅぱ』

『しませんってば！』

『じゃあ俺が華穂ちゃんをぐちょぐちょにするしかないかな』

そう言うや否や、華穂のか細い吐息が聞こえた。

『……んっ』

『クリトリスは弱い方？』

華穂は小さな声で吐き捨てるように言う。僕には決して聞かさない声色だ。

『……しっ、知りません』

『じゃあ今から俺が確かめてあげるよ』

結構です。華穂は確かにそう言いかけた。しかし口にする前に阿藤先輩の指が蛇のように彼女の陰部を責め立てたのだろう。

『んっ……あぁっ』

『そんな可愛らしい声出しちゃって』

『……や』

『大丈夫。千草はここにいないんだから』

『そういう問題じゃ……あっ、く……』

『結構敏感なんだね』

『………そういう事、言わないでください』

阿藤先輩はくすくすと笑いながら言う。

『なんで？　千草はこういう言葉責めしない？』

『しません！』

確固たる口調で断言する。

とはいえ二人のやり取りは決して険悪なものではなかった。先輩後輩の仲なので友達とまではいかないが、それなりに気心の知れた間柄ではあるのだ。

『あいつは真面目だからな』

華穂は不貞腐(ふてくさ)れたように答える。

『……そこが良いんです』

『はいはい。惚気はいいって』

『あっん……はぁ、あっ……や、だぁ………」

華穂の声はどんどん艶(あで)やかに蕩(とろ)けていく。

明らかに僕よりも太く男らしい阿藤先輩の指にクリトリスを弄(いじ)られて、彼女は身悶えしていた。

『責め甲斐があるな。華穂ちゃんって』

華穂はもう否定の言葉も口にしない。しかし代わりに浅い息遣いが聞こえる。

『こうしたらどうなるのかな?』

くちゅ、と微かに音がした。

『あぁっ……』

『わかる？　指が入ったよ』

阿藤先輩は華穂だけじゃなく、僕にも説明するように言った。

『動かすぞ』

華穂の返事はやはりなかった。しかし有言実行した事が、ベッドの衣擦れやなにより粘液を纏った摩擦音でわかった。

くちゅくちゅ、くちゅくちゅ。

『んっ……んっ……んっ……』

『華穂ちゃんの中、すごく狭いんだな。それにすごく熱いよ』

『い、一々言わないでください……』

『それにこんな濡れやすい子だったんだ。ほら、もうこんなにぐちょぐちょだ』

『やっ……』

これも一つの共感性羞恥なのだろうか。華穂の恥じらいが我が物のように感じる。

僕の鼓動は胸全体を叩くように打ち鳴らしていた。きっと華穂もこれくらいドキドキしているに違いない。

『これだけ狭いとちゃんとほぐしておいてあげないとな。俺のは太いからさ。それじゃ二本目も入れるよ』

『んんっ』

『痛くない？』

やはり返事はない。しかし華穂の声から苦痛の色は感じ取れない。阿藤先輩はああ見えて女の子の扱いは優しいのかもしれない。

『それじゃ動かすよ』

『や……だぁ……』

くちゅくちゅ、くちゅくちゅ。

先程よりもその摩擦音は鮮明となった。

『んっ、んっ……あっ、はぁ……やっん……』

華穂の声も甘さを増している。

『どう？　千草の指と比べて』

『……やだ、聞かないで……』

『教えてくれるまで止めないよ？』

くちゅくちゅ、くちゅくちゅ。

『やっあっ、あっあっはぁ、あん……いや、あっあっあっ』

華穂のそれは嬌声と呼ぶに値する切迫感を帯びていた。絶頂が近いのがわかる。

僕はとても焦っていた。何故ならば、僕は指で彼女をイかした事などなかったから。

そういえば僕は彼女をイかした事などあったのだろうか。

こんな風にねちっこく彼女を愛撫した事など記憶にない。

僕らのセックスは愛に満ち溢れていた。終わった後には互いに満足しきった表情で唇を重ねていた。

自信過剰ではなく、その行為は愛を確かめ合う儀式として成立しているはずだった。

しかし互いの性欲を発散させるものとして考えたらどうだろうか。

華穂に性欲や絶頂などという概念がある事を僕は失念していた気がする。

愛を伝え合えば、それでセックスは十分だと思っていた節があった。それ以上の性的ななにかを求めるのは不純だとすら考えていた。

そんな華穂が、今まさに昇り詰めようとしていた。

『あっ、あっ、あっ、いやっ、それ以上は、あっ、はぁっ、あっあっ』

『ほら早く言わないとイかしちゃうよ？』

勿論阿藤先輩はそんな僕らの性事情など知る由もない。しかし華穂にとっては死活問題だった。

『いやっ……ちー君以外で……そんなの……だめ……』

『ほら、その千草と比べてどう？　言わないと止めないよ？』

このまま黙ってイかされても、正直に答えても不貞。この状況に於いて嘘や誤魔化しがつけるような器用な人間ではなかった。

彼女が選んだのは阿藤先輩にイかされない事。僕以外の男で絶頂しない事。

『………き、気持ち良い……です』

摩擦音が収まった。そしてはぁはぁと華穂の息切れが聞こえる。その呼吸からは激しい罪悪感が伝わった。華穂が激しく僕の事を想っている事が伝わる。僕の事を考えてくれている。僕に謝罪している。

『どう気持ち良い？』

『わ、わかりません……ただ、ちー君の指と全然違う……』

指がゆっくりとトロトロの膣内を混ぜる音が鳴る。

『こっちも全然違うだろ？　ほら握ってみて』

勃起した陰茎を握らされたのだろうか。華穂が息を呑む音が聞こえた。

『千草のと違う？』

華穂は黙って頷いたようだった。阿藤先輩の問いかけが続く。

『どう違う？』

『……指と一緒で大きくて、ゴツゴツしてて、怖いです……』

『大丈夫だよ。優しくするから』

そう言うとなにかの包装を破く音がした。コンドームだろうか。

『自分用の持ってきて良かったな。千草のじゃ入らないところだった』

僕は生唾を呑み込む。

今から華穂が挿入される。

『俺のこんなんだから、中々サイズに合うのがなくてさ』

しかも僕のとは比べ物にならない程に雄大な男根が。

実際に目にしていない分、想像の中で阿藤先輩の男性器が荒々しく膨らんでいく。

『それじゃあ入れるな？』

『……あの、お願いします……ゆっくりで……』

『わかってるって。それより本当に良いの？　やっちゃって』

数秒程の無言が流れた。僕にはその時間が永遠に思える。

『…………一生懸命考えた結果ですから……』

『でもこんなの普通じゃない』

『……私は自分で言うのもなんですが、男の人にとってつまらない女だったと思います。デートプランも人任せで、する事と言ったらへタクソなお弁当を持っていく事だけ。なのにちー君は一度たりとも不満を言わず、そんなありのままの私を愛してくれていました…………だから、これが彼の望みなら……』

最後の方は僕には聞き取れなかった。

『わかった。じゃあ……』

ベッドが短く軋む。

『んっ……』

華穂の声が強張る。亀頭が陰唇に押し付けられた瞬間なのがわかった。

『こういう時、華穂ちゃんは何も言わないの？　おちんちん入れて、とか』

『い、言いません……っ！』

『言った方が良いよ。男はそっちのが興奮する。俺で練習しなよ』

『べ、別に結構です……』

『ほら、言わないとパンパンに勃起しきったクリトリス、指で撫でちゃうよ？　嫌なんだろ？　千草以外でイクの』

『……阿藤先輩、意地悪です……』

そして何回分かの呼吸の後、華穂がおずおずと口を開く。

『……おちんちん……入れてください……』

『可愛いじゃん。それで千草もイチコロだって』

『……ちー君にこんな恥ずかしい事言えません……』

　実際に僕は華穂がそんな言葉を口にしたのを初めて聞いた。そして何とも言えない興奮で鼻息を荒くしている。

『さて、女の子にそこまで言わせたんだから、焦らさずに満足させてあげるのがマナーってもんだよな。よっと』

『んっ……』

　華穂の苦しそうな声。

『やっぱ狭いな……でも大丈夫。十分濡れてるから』

『……や……あぁ……』

『ほら、入っていくよ……』

『んっ、く……』

　さて挿入かと僕も心臓がドンドンと扉を叩くように鼓動が荒ぶる。そんな中、阿藤先輩がくつくつと笑う。

『この俺の胸を押す手は何？』

『……もう、その辺で……』

『いやいや。まだ半分しか入ってないよ』

『……ちょっと苦しいです』

『大丈夫だよ。華穂ちゃんのおま○こ、ちゃんとぬるぬる濡れてほぐれてるから』

『……あぁ、もう……そういう事、言わないでくださいってば……』

華穂の声は泣いてしまいそうだった。

『痛い？』

『……そうじゃないですけど……ただ……』

『ただ？』

『…………先輩の、大きすぎて……すごく押し広げられてる感じが……』

『それが好きって評判を多くの女の子から頂いてるんだけど？』

『……私は、その…………嫌です』

面と向かって他人にネガティブな言葉を言えない華穂が、こうもはっきりと言うにはそれなりの理由があるのだろう。しかし肉体的な苦痛が原因ではないようだ。

『どうして？』

『…………』

阿藤先輩の問いかけに答えられない華穂。そんな彼女の代わりに阿藤先輩が代弁するように言う。

『俺の形に変えられちゃいそうだから嫌なんだろ？　千草の形を忘れちゃいそうで不安なんだろ？』

『そ、そんな事でちー君を忘れたりなんかしません！』

『じゃあ大丈夫。奥まで入れるね』

『そんな……あぁっ……！』

ぐちゅ、と淫らな水音を鳴らしながら結合の音が鳴る。根元まで男根が挿入された音。最愛の彼女が、他人の男を受け入れてしまった音。

『あぁ……華穂ちゃんの中、すごく温かくて気持ち良いよ。それに締まりが良くて密着感が最高』

そんな下世話な言葉に、華穂は反応する余裕もない。

『はぁ……はぁ……はぁ……』

浅い息遣いを繰り返すだけだ。

『どう？　初めて千草以外の男とセックスした感想は？』

華穂は息苦しそうにしたまま懇願するように答える。

『……聞かないで……ください』

『教えてくれないと腰動かしちゃうよ？』

そう言われて華穂はなにかを言おうとしたが、なにを口にしていいかわからないといった様子だった。

華穂が言い淀んでいる内に、ベッドが軋みだす。

ぎし、ぎし……。

『んっ……んっ……あっ……やっ……』

僕よりも全然大きいらしい阿藤先輩の男根を抜き差しされる華穂の声は、僕が聞いた事もないような切迫感で溢れていた。

僕がその事実に胸を苦しめていると、対照的に阿藤先輩が気色ばんだ声で言う。

『やべ、華穂ちゃんのマジで具合良いわ。ただでさえ狭いのにすごく吸い付いてくる』

阿藤先輩は華穂のその挿入感に感嘆を覚えているようだった。それは即ち僕との男根の太さの差を如実に語ってもいた。

その言葉が真実である事を証明するかのように、ベッドが軋む音のペースは速くなっていく。

ぎっ、ぎっ、ぎっ、ぎっ。

それに伴い華穂の声がどんどん切羽詰まっていった。

『あっ、あっ、あっ、あっ、あっ、あっ』

華穂からは声を上げてはいけないという意識がありありと伝わってきた。それが甘い音色のものなど言語道断であると彼女が自戒しているのが以心伝心で伝わる。

しかし絶頂間近まで弄られた直後に、極太の男根で無理矢理膣道を押し広げられて紡ぐ声色は、もはや嬌声としか表現できない程に艶やかだった。

『いやっ、あっあっ、こんなっ……んっ、んっ』

『あー良い……すごく良いよ華穂ちゃん』

華穂は自分に言い聞かせるようにか弱く言う。

『……こんな声、出しちゃ駄目なのに……』

彼女の罪悪感が僕の心臓を鷲掴みにする。

『千草にしか聞かせちゃいけない声？』

阿藤先輩は問い質しながらも腰を止めない。

ぎっしぎっし。ぎっしぎっし。

にゅぷにゅぷ。にゅぷにゅぷ。

『だめっ……これ以上は………』

華穂の声がまた一段と切なさを帯びた。突いたら、いとも容易く爆ぜてしまいそうなシャボン玉のような声。

『なにが気持ち良いのか言ってみ？』
『……やだ……恥ずかしい』
『じゃあ腰止めないよ？』
ベッドの軋み方が微かに激しくなった。
『やっあっ、あっあっあっ……！』
『イっちゃって良いの？　このままじゃ千草以外でイっちゃうねぇ？』
先程の指での愛撫の時と同じようなやり取りを繰り返す。
しかしあの時とは違う事が一つ。
『……お、おちんちんが……阿藤先輩のおちんちんが、気持ち良いです……』
背に腹は代えられないと華穂がギブアップする。
しかし指の時とは違い、阿藤先輩は腰を止めない。
ベッドは軋み続ける。
『あっ、あっ、あっ、あっ…………な、なんで……私、言いました……』
『このまま気持ち良くなっちゃおうか』
『だ、駄目っ！　それだけは、駄目……！』
華穂の声に強い焦りが窺える。

『大丈夫。気持ち良くしてやるから』

『だめ、だめ、だめ……』

『華穂ちゃんさ、ちんこでイクの初めてなんじゃない？』

『……や、だぁ……』

華穂のその恥じらいは肯定を孕んでいた。

『大丈夫。千草には内緒にしといてやるから』

『……そういう、問題じゃ……』

華穂はもう息が途切れ途切れだった。彼女の全身が痺れきって、もう絶頂の波にさらわれてしまいそうなのは一目、いや、一耳瞭然だ。

僕はどうしようとその場をぐるぐると歩き回る。しかし見守る事しかできない。僕が望んだ事だから。

そうこうする内にベッドの軋みがより激しさを増した。

ぎっしぎっしぎっしぎっし。

『あっ、あっ、あっ、あっ、あっ、あっ！』

華穂の声はもう限界まで切羽詰まっていた。

『ほら、俺の首に抱き着きな……そうそう』

正常位で、華穂が阿藤先輩の首に腕を回している。

僕は気が付けば喉がカラカラになって、どうしようもない絶望感に打ちひしがれていた。

しかし同時に股間に熱い痛みを覚えている。

信じられない事に僕は勃起していた。それも今まで一度も経験した事がないくらいに激しく。

『あんっ、あんっ、あんっ、あんっ！』

電話から聞こえてくる恋人の嬌声に、僕は涙をポロポロと流した。頬を流れるそれはとても熱かった。

『やっ、だ……来る、来る……来ちゃうっ……』

そして涙以上に熱い血潮が股間に凝縮しては、陰茎を苛烈に勃起させる。

比較的余裕があった阿藤先輩も息を切らしながら言う。

『駄目だよ？　千草以外のちんぽでイっちゃったら。千草悲しむよ？』

煽るように言われて華穂は懇願する。

『……お願い……腰止めて…………おちんちん止めて、ください……』

まるで命乞いのようだった。

しかしそれが阿藤先輩の興を乗らせたのか、ベッドの軋みは収まるどころか間隔を短くさせる。

『あっあっあっあっあっあっ！』

もう華穂の絶頂は目前だった。あとほんの一歩前に踏み出せばそこは奈落の底。快楽という抗えない沼。そこへ突き落とそうとする阿藤先輩。

『おらイケっ！　彼氏以外のちんぽでイっちまえ』

『イっ、イクっ、あっ、イクっ、あっあっあっ、イックっ！　あああっ！』

一際大きな喘ぎ声を合図にして、性交の音が鳴りやむ。聞こえるのは二人分の荒い呼吸音だけ。

あれだけ騒がしかったベッドのスプリング音が嘘のように鳴りを潜めている。

『うっ……ぐ……うぅ、う………』

やがて嗚咽の音が漏れ聞こえる。その主は華穂だった。

『泣かなくてもいいじゃん』

『だって……だって……ちー君以外で……ちー君以外で……』

僕以外との性交で達してしまった事を嘆いて涙を流す彼女の言葉は、僕の胸を痛めつけた。

『そんな気にしなくて大丈夫だって。千草はそんな事で怒ったり失望するような奴じゃないだろ?』

『そ、そうですけどぉ……でもぉ……』

華穂のしゃくりあげるような鼻声に、僕は改めて彼女がなんて健気なんだと惚れ直してもいた。

しかしそんな彼女は今ベッドの上で阿藤先輩に抱かれており、更に言うならその男根で絶頂を果たした直後でもあった。

僕は悶え苦しむような嫉妬による勃起で股間をパンパンに膨らませていた。

この場で唯一リラックスした状態の阿藤先輩が言う。

『ほら、そんな事考えられないくらい気持ち良くしてやるからさ』

そして再び腰を振り、ベッドを揺らした。

『あっ、あっ、あっ、あっ、あっ……』

華穂の意識は嬌声を出さないように必死に踏みとどまろうとしているのがわかる。

しかし喉は勝手にその抽送に合わせて甲高い声を漏らしてしまっていた。

『ほら、華穂ちゃんのおま○こもまだまだ気持ち良くなりたいって言ってるよ。キュンキュンに疼(うず)いて俺の事絞り上げるような動きしてる』

『……いや……そんな事、ない……』
『そんな事あるって』
阿藤先輩の声は、ここからが本番だと言わんばかりだった。
そんな彼の気勢を少しでも削ごうとする華穂。
『……あの、すみません………せめてこの格好はもう止めてください……』
『どうして？　正常位嫌いだった？』
華穂は鼻を啜りながら答える。
『……そうじゃなくて……これ以上ちー君以外にこんな顔を見せられないです……』
『すごく可愛かったよ。華穂ちゃんの蕩けた顔』
阿藤先輩は華穂の葛藤を理解した上で、それを茶化したように言った。
『……もうっ！』
『わかったわかった。じゃあバックでやろっか。それならいいだろ？』
華穂に異論はないようで、ベッドの上でごそごそと体位を変える音が聞こえる。
『華穂ちゃんの小さいお尻、真ん丸でエロいよ』
阿藤先輩に悪気はないのだろうが、華穂にとってその言葉は恥辱でしかなかった。
『んっ……あぁ……』

なにより再び挿入された際に、悪態をつく余裕もなさそうに鳴いた。

先程よりも鮮明に肉と肉がぶつかる音がする。阿藤先輩の下腹部と、華穂の桃尻がリズミカルにぶつかる音。

パンッ、パンッ、パンッ。

スムーズに根本まで出し入れされる男根。その所為か、喘ぎ声が先程よりも明らかに甲高くなっていた。

『あっ、あっ、あっ！』

僕は空想する。

『正常位で派手に揺れる爆乳も良かったけど、こうして見下ろす後ろ姿もエロいよね。テニスやってるからかな。背中が引き締まってて腰もくびれてて超エロいよ』

後背位で突かれる華穂を。揺れる尻肉と乳房。

しかしその相手は僕じゃない。

『あっいっ！　あっあっあっ！　だめっ、そんな奥っ、あっあっ、当たるっ……』

僕以外の男であられもない声を上げる華穂。

『あぁっ、そこっ、いやっ、あっあっあっ！』

華穂が恐れおののく程に太い男根で、遠慮なく押し広げられる陰唇が喘ぐ。

ぐっちょ、ぐっちょ、ぐっちょ、ぐっちょ。

そして自慢の男性器は太さだけでなく、随分と長さもあるらしい事がストロークの音と華穂の言葉からも推測できた。

『奥っ、奥っ、だめっ……そんな深いところ…………あぁぁっ！』

華穂は何度も「奥」という単語を強調していた。

阿藤先輩の肉槍がいとも容易くそこに届き、そして華穂から甲高い声を漏らさせていた。

僕との行為では華穂はそんな単語を使った事がない。勿論ここまで切羽詰まった声を上げた事もない。

『いっ、いっ、いっ、あぁっ、はっん……！』

あの恥ずかしがり屋の華穂が、どうしようもなくなって大きな声を上げている。

『そんなところ、ズンズンしないで……！』

『じゃあこれは？』

『ぐりぐりも……だめぇっ…………！』

『さっきより声大きくなってんじゃん。バック好きだった？』

『そうじゃ、ないけど……あんっ、あんっ、あんっ！』

一度の絶頂を経て愛液の分泌が多くなったのか、それとも体勢からして男根の抜き差しが容易になったからなのか。はたまたその両方か。とにかく抽送の音はより過激で卑猥(ひわい)なものとなっていた。

ずぷっ、ずぷっ、ずぷっ、ずぷっ、ずぷっ。

『あっ、あっ、あっ、あっ！』

射精が近いのか阿藤先輩の声も上擦って聞こえる。彼も平常心から遠く離れた高揚の中にいるようだった。

『大きいのが好きなんだろ？　言ってみろ！　大きいちんぽが好きですって』

『……やだ、言わない……そんなの、言えない……』

しかし阿藤先輩に貫かれる彼女の声はもう絶叫に近いものがあった。

僕との愛を確かめ合うような優しい儀式の中では絶対に聞けない喘ぎ。

僕が初めて聞く華穂の声。

男に悦びを与えられる雌の声。

僕はいても立ってもいられなくなると、周りを急いで見渡して人気がないのを確認した。

そして扉の前でファスナーを下げると勃起した陰茎だけを取り出した。

それは自分が知っている男性器とは少し違って見えた。普段よりも荒々しく勃起しているように見える。

手で握ると手の平が火傷しそうな程に熱かった。

そうこうしている間にも電話からは、猛然たる男女の営みによる様子が伝わってくる。

『あっ、いいっ、あっあっあっ！　そこっ、だめっ、あっい……！』

激しく揺れるベッド。

『はっ、はっ、はぁ、あっん…………おっきぃ……おちんちん、おっき……』

パンパンと鳴り響く腰の衝突。

『イクッ、イクッ……こんなにされたら……またすぐ、イッちゃう……』

そして華穂の淫らな声。

それら全てが僕の常識を打ち壊す。

今日まで僕が愛していた平穏な世界が、がらがらと音を立てて崩れて消えていく。

でもそれは僕にとってある種の爽快感を与えてくれた。

こんな事を僕は望んでいたのだろうか。わからない。

そんな自問自答をしながら男根を擦り上げた。

「あぁ……華穂、華穂…………ごめんな……」

左手に携帯を握りしめ、自分の部屋と対面しながら自慰に耽（ふけ）る。

何に対しての謝罪なのかは僕もわからなかった。

『あいっ！　いっ、いっ！　イクッっ、イックぅ……！！！』

僕は華穂とタイミングを合わせて射精した。

扉に精液が飛び散る。

しかし電話から聞こえる喘ぎ声は留まるところを知らない。

『あっ！　あっ！　あっ！　イってるっ！　もうイってるからぁっ！』

『俺ももうすぐだから』

余裕のない声で阿藤先輩はそう言いながら、パンパンと乾いた音を奏で続ける。

『いっ、いっ、いっ、あいっ、ひぃっ、いっ！　だめっ、だめっ、頭、変になっちゃうっ！　イってるのに、頭ジンジンしてるのに、ずっとおちんちん、奥まで来てるっ……………ひっ、いっ、あいっ、いっいっあぁっいっ！』

僕は中々射精が収まらない男根を扱（しご）き続けた。

無理矢理絶頂を続けさせられる華穂を心の底から愛しいと思った。

『イクよ華穂ちゃん……あぁっ、イクイクイクッ！』

そう言った直後、ピストンの音はより激しくなった。

バシンバシンバシン！

華穂の絶叫が響き渡る。

『あああああぁっ！』

『うぅ……出るっ！』

そして嘘のように静寂が戻った。

僕はその場にへたり込む。自分の心臓が、脈が、尋常でない速度を刻んでいた。呼吸の仕方すらわからない。何も考えられない。

それでも僕が飽いていた日常が、見るも無残に粉々に打ち砕かれた事だけはわかった。僕はそれを歓迎し祝福すべきなのかも判断がつかなかったが、少なくとも男根だけはビュッビュとけたたましく射精を繰り返していた。

第二話　甘い蜜

朝目覚めると見慣れた天井があった。身を起こしてカーテンを開ける。清々しい朝日に顔を歪める。

一度シーツを持ち上げてその香りを吸う。最愛の人が匂った。

六枚切りのパンをトースターで焼いてジャムを塗り、コーヒーで流し込んだ。

家を出るとウグイスが鳴いている。

何一つ変わらない日常の一コマ。しかし僕の足取りはまるで初めて訪れた旅先のように軽く、目に映る全てが新鮮だ。

電車に乗ると僕はソワソワとした緊張を足元に覚える。

一つ駅に着く度に、次の駅を確認する。

心の中で指を折って、華穂に会える事を期待する。

そしてついにその時が来る。

ゆっくりと減速していく電車からは、ホームで待つ華穂が見えた。

華穂は気恥ずかしそうに、少し俯いたまま電車に乗ってきた。

「……おはよう」

僕はまるで付き合い始めた頃のように緊張しながら声を掛けた。

華穂は顔を上げると、安堵したような微笑みを返す。

「うん……おはよう」

そして僕らは少しぎこちなく、今日の講義について話した。

その会話は時々詰まり、静寂が訪れる事もあったが退屈ではなかった。

時々華穂の顔を見入ってしまい、彼女を恥ずかしがらせてしまう事も何度かあった。

電車を降りて駅から出ると、僕は華穂の手を握った。

華穂は驚いた様子を隠せなかったが、そっと手を握り返してくれた。

そして大学に向かう坂道を、手を握りながら歩いた。

付き合ってもうそろそろ十年も見えてきた。そんな僕らが初めて人前で手を繋いで歩く。彼女の手はとても温かかった。


「で、どうだったんだよ。俺が帰ったあの後」

「何もないですよ」

放課後のUMA研究会。相変わらず部室には阿藤先輩と僕しかいない。

「何もない事はないだろ。それじゃあ骨折り損のくたびれもうけだ」

そう言いながらも、彼の表情には役得を満喫した男の余裕があった。

正直なところ、阿藤先輩との関係性にも何かしらの変化があるかと思っていたが特に何も変わらない。

『あの時』は激しい嫉妬に駆られていたが、こうして日常に戻ってしまえばただの先輩の一人である。

『あの時』と『それ以外の日常』では、あの世とこの世のようにはっきり隔絶された世界が形成されているようだった。

「本当に何もないんですよ」

昨晩、やる事を為(な)した阿藤先輩が帰った後、僕はひたすら華穂を抱きしめていた。時々頭を撫でて、その細い背中を摩(さす)った。

華穂は僕の腕の中で、時々小さく謝罪の言葉を口にしていた。

その度に華穂は何も気に病む事はないんだよと僕も繰り返した。

そして夜遅くになってから、僕は華穂を彼女の家に送り届けた。

これが昨晩の全ての出来事だ。

正直なところ、先輩に抱かれた直後の彼女はあまりに魅力的だった。何度も押し倒しそうになってしまった。しかしそうすると獣のように彼女を犯してしまいそうで自制した。

　僕はあくまで優しく穏やかに彼女を愛してあげたかったのだ。

「それじゃあ何も変わらなかったのか？　お前は満足しなかったのか？」

「そういうわけじゃありません」

　僕の頭に懸かっていた霞のようなモヤはすっかりと晴れ渡っていた。

「ありがとうございました」

　僕は阿藤先輩に頭を下げた。

　今思うと彼以上の適任者は探しても見つからなかっただろう。

「改めてお礼を言われると照れるな」

　そう言うと彼は照れ臭そうに頬を掻いた。

「でも電話は我ながら良い機転だったろ？」

「……はい。助かりました」

「まぁ千草の為だけにってわけじゃなかったけどな。いくらそっちからの頼みでも、完全に二人きりで浮気じみた事をするのは俺も気が引けたし。そういえばその件について華穂ちゃんは知ってるのか？」

「いえ。言えないでいます」

「そうか。だったらまぁ俺達二人だけの秘密にしておいて良いんじゃないか。恥ずかしがるだけだろうしな。知らぬが仏だよ」

僕はそれに関しては少し引っ掛かりを感じた。彼女に秘密を持つのは罪悪感がある。しかし確かに阿藤先輩の言う通り、それを馬鹿正直に言っても誰も得をしない。このまま胸の奥にしまっておくことにする。

阿藤先輩は背中に体重を預け、パイプ椅子を軋ませる。その音が昨晩のベッドのスプリングの音と酷似しており、僕の脈拍が一瞬跳ね上がる。

「それにしても今考えても嘘みたいだな。俺と華穂ちゃんがエッチしたなんて」

阿藤先輩のその言葉には何の他意も感じられなかった。

しかしあまりに自然と発せられた、「華穂とのエッチ」という言葉に僕は激しい嫉妬を覚える。

しかしなんとかそれをぐっと呑み込んだ。

「華穂ちゃんの事は大切にしてやれよ？　これが原因で別れられたりでもしたら俺も後味が悪いからな」

「大丈夫ですよ。自分で言うのもなんですが今朝からラブラブで」

そう即答している間も、僕は華穂の事を考えていた。


その日の夜。華穂を家に呼ぶ。

彼女をベッドに押し倒す時はなんだかいつもより緊張した。まるで初めての時のようなぎこちなさで華穂の服を脱がしていく。華穂も緊張で肩に力が入っていた。

僕らは無言のまま抱き合って、そして繋がる。

昨晩は勢いと興奮のまま彼女を抱かなくて良かったと改めて思った。

僕は彼女を頭の天辺から爪先まで熱心に愛した。

丁寧に、時に情熱的に。

華穂の声はいじらしく、それは僕の劣情を更に煽る。

どれだけ僕が必死に腰を振っても、昨晩阿藤先輩に抱かれていた時のような激しい嬌声は聞こえてこなかった。

その敗北感が逆に僕を興奮させる。

陰茎は硬くなり、ピストンの速度も上がる。

「んっ、んっ、あっ、あぁ……ちー君…………ちー君…………！」

華穂はそんな僕の愛を全身で受け止めてくれた。

切なそうに僕を何度も呼びながら、僕の首をきつく抱きしめた。

「愛してるっ……愛してるんだ……！」

僕は華穂を見つめながらそう何度も愛を囁いた。

華穂もそんな僕の求愛にじっと目を覗き込んで、そして言葉を返す。

「うん……私も大好き………ちー君を愛してる」

その目尻には涙が浮かんでいた。

彼女の表情には明らかな安堵が浮かんでいた。

僕に愛されていると理解した安堵。

僕は結局華穂を阿藤先輩のようにイかす事はできなかった。しかし有り余る愛で抱き合ったまま果てる事ができた。とても幸せな時間だった。

射精を終えて性欲が消え去っても、彼女への愛は何ら変わる事はない。

僕達は呼吸も整わずに汗だくのまま抱き合った。

「……朝からずっと華穂の事だけ考えてた」

「……本当に？」

「本当だよ。華穂に嫌われてないだろうかって。華穂の事が好きで好きで堪らなくなってたよ」

華穂は僕の腕の中で頬を緩めた。

「えへへ。嬉しいな。私も少し不安だった。ちー君に嫌われたんじゃないかって。でも手を繋いで歩いてくれたし、今もすごく幸せ……」

「ちょっと恥ずかしかったけどね」

こんなに大袈裟な程、愛情表現を示した事は今までで一度もない。

僕は言う。

「華穂への愛情の扉のストッパーが壊れちゃったみたいだ。華穂が愛おしくて堪らないよ」

華穂は恥ずかしそうに俯くが、その表情は幸福で満たされていた。

「あんな事を頼んだのは、華穂が好きだからって信じてくれた？」

そう尋ねると、華穂は額を僕の胸に軽く押し付ける。そして小さく頷いた。

「……正直ね、最初はよく理解できてなかった。でもこうしてちー君が一生懸命愛してくれたから……」

僕は彼女の顎を持って顔を上げさせた。

そして無言のままキスをする。

何度も優しく唇を押し付け合いながら、華穂が少し得意気に言った。

「あのね、キスだけは絶対にしなかったよ」

そして僕の下唇を甘噛（あまが）みする。

「キスはちー君とだけって、絶対心に決めてたから」

僕が背負っていた阿藤先輩への敗北感や劣等感はどこかへ吹き飛んでしまう。

華穂の唇の柔らかさや温かさを知るのは僕だけなのだ。

それに感謝するように、何度も彼女の唇を求めた。

華穂もそれに応じるように、僕の唇を優しく吸ってくれた。

不思議な事に僕達の愛が深まっている事は瞭然としていた。

もうこれ以上望む事なんて何もないはずだ。

あんな苦しい思いを何度もする必要なんてない。

華穂をこの腕から一時も手放したくない。

そう願っているはずなのに、僕の心の奥底では新たな渇望が芽生え始めていた。


「は？　週末俺と遊びたい？　華穂ちゃんと三人で？」

部室で阿藤先輩は不可解そうに首を傾（かし）げた。

「お前ら二人でデートしてくれれば良いだろ」

「まぁ……そうなんですが。ほら、阿藤先輩車持ってるじゃないですか。ドライブに連れてってくださいよ」

そう言う俺の顔を彼はじっと覗き込む。僕は罪の意識から目を逸らしてしまった。

「お前さては、また華穂ちゃんを俺に抱かせようとしてるな?」

「べ、べべべ、別にそういうわけじゃ……」

「嘘つけ。顔に書いてあるぞ」

僕は思わず頬を手の平でなぞった。

阿藤先輩は苦笑いを浮かべる。

「あんなプレイ、ハマるもんじゃないと思うぞ」

「……わかってますよ」

「華穂ちゃんには承諾取ってあるのか?」

僕は口籠る。

「それは……まだですけど」

「じゃあ駄目だろ」

実際このところの僕と華穂の仲は絶好調だった。顔を合わす度にニコニコして、最近ではキャンパスの中でも手を繋いで歩くようになった。

周囲の友人達は急に距離感が縮まった僕らを、不思議そうに眺めながらも茶化してくる。

二人っきりの時はもっと露骨にイチャつくようになった。

セックスをしない時でもボディタッチが増え、肩を寄せ合って座れば必ず愛の言葉を交換する。

勿論そんな毎日は僕にとって幸せ以外の何ものでもなかった。

しかし一度喉元を焼き尽くしたあの業火の味が忘れられない。

華穂を傷つけたくない。

そう思いながらも、またあの息苦しさを味わいたいと考えるようになった。

「……華穂は僕が説得しますから」

「別に良いけど、火遊びもそこそこにな。お前らみたいな真面目なカップルがそういうのにハマると一番危ないからな」

阿藤先輩はそうアドバイスしてくれた。

二度目の華穂への『寝取らせプレイ』の打診は困難を極めた。

それはそうだ。

もう僕の悩みは解消している。

これ以上彼女の手を煩わせる意味はない。

だから僕は少し方向性を変えて彼女を説得する事にした。

「最近華穂がすごく綺麗に見える」

そんな歯が浮くような言葉を事あるごとに伝えるようにしたのだ。

決して嘘ではないしお世辞でもない。

阿藤先輩とのプレイの後、僕は華穂の愛らしさに改めて気付くようになったのだ。

今まで意識していなかった耳の形やホクロの位置まで、全てが魅力的に感じるようになった。

華穂もそんな風にストレートかつ細かい部分を褒められる事に慣れておらず、恥ずかしがりながらも嬉しそうにしていた。

そして少しずつ慎重に言葉を足していく。

「やっぱりああいう事して良かったな」

直接『阿藤先輩に抱かれて良かった』とは言わない。

そう言われると華穂も最初は複雑そうにしていたが、徐々に僕に褒められる嬉しさの方が明確に勝っていくように変化していった。

そして愛情たっぷりの営みの後、他人が見聞きしたら胸やけしそうな程に甘い言葉を囁きあってる最中にこっそりと混ぜる。

「またああいう事をしても良いかもな」

はっきり『また寝取らせプレイがしたい』とは言わない。

そうする事によって僕達にメリットがあるよな、と仄めかすような言い方をする。

「う、うーん……どうだろうね……」

華穂も最初はそんな風に困った感じで受け答えしていた。しかし何度かそういうやり取りを重ねる内に、彼女も慣れてきたのか軽口で応答するようになってきた。

「そんな事言って。また変な事させようと思ってるんでしょ？」

僕の腕枕で寝そべりながら、僕との愛に溢れたセックスの余韻の中で冗談っぽくそう笑った。

その辺りから僕もギアを少しずつ一段上げる。

「変な事なんかじゃないさ。あれのおかげで華穂との日常の大切さが如何に尊いかがわかったんだから」

少し真面目にそう語る。

華穂との愛が深化したのはそのおかげだとほんの少しだけ強調する。カレーに入れる隠し味のように。

そうすると徐々に華穂にも変化は訪れる。あの一件に関して少しずつ肯定的とまではいかなくとも、全否定して嫌悪だけをむき出しにすることはなくなってきた。

僕の心情を多少なりとも理解するようになってくれたのだ。

少しばかり彼女を騙しているような気がして負い目も感じたが、長い目で見ればこれも二人の為だと僕は確信していた。

何故ならあの一晩を乗り越えた僕達は今、こんなに幸せなのだから。

ともかく頃合いを見計らって僕は華穂にとある提案をした。

また阿藤先輩に抱かれてくれなんて直接的なお願いは言わない。

「今度阿藤先輩の車に乗せてもらってドライブにいかないか?」

勿論先に阿藤先輩の承諾を取り付けてある。

華穂は特に何の警戒心も抱かずに首を縦に振った。

普段のデートとはちょっと違う、趣向を凝らした余興程度に思っただろう。

とある週末。『あの一晩』から丁度一月ばかりが経とうとしていた頃だった。

「今日はよろしくお願いします」

華穂が阿藤先輩に小さく頭を下げる。雲一つない気持ちの良い快晴に、爽やかな風が吹く昼下がりだった。今日も華穂はお気に入りのワンピースを着ており、それが風に靡いている。

「おう。こちらこそデートのお邪魔しちまって悪いな」

「邪魔だなんて。先輩が車を出してくれるご厚意に甘えちゃって悪いです」

華穂とそう挨拶を交わすと、阿藤先輩は僕の肩を遠慮なく叩いた。

「千草がさっさと車の免許取れれば、俺なんかに頼らずにレンタカーで華穂ちゃんをドライブに連れてってやれるのにな」

そう言って豪快に笑う。

『あの一晩』の直後は、流石に華穂は勿論阿藤先輩も少し気まずそうだった。顔を合わせても殆ど口を利く事はなかったが、今では大分昔通りに自然な雰囲気で言葉を交わしている。

ともかく僕らを乗せた四駆は、海の見える曲がりくねった沿岸沿いの道を走った。

当然僕と華穂が後部座席に乗っている。

華穂は遠目に光る海面に目を細めて、その美しい光景を堪能しているようだった。

「今年の夏は泊りで遠くの海に行かないか？」

「うん。すごく良いと思う」

他人の車でデートプランを練りながらはしゃぐ僕達は立派な馬鹿ップルだったかもしれない。

阿藤先輩も堪らないといった様子で口を尖らす。

「おいおい。俺の車であんまイチャつくなよ」

「別にイチャついてなんかないですよ」

「バックミラーで見えてんだよ。しっかり繋ぎ合ってるお前らの手がよ」

そう指摘されて、華穂が一瞬手を引こうとした。

でも僕はその手を離さなかった。

それが嬉しかったのか、華穂は照れ臭そうにはにかみながらも手を握り返してきた。

「それに阿藤先輩はそろそろ卒論とかあるんじゃないんですか？　この夏に遊んでる余裕なんてあるんですか？」

「馬鹿。俺を誰だと思ってんだよ。そんなもんとっとと片付けちまうよ」

確かに阿藤先輩はそういうところは非常に抜け目がない。この人が学業でもなんでも大きな失敗をしたところを見た事がない。

だからこそ僕も安心して華穂を任せたところもあるのだが。

そしてまた、任せようとしている。

まだ太陽は燦燦と輝いている。西に傾くのはまだ数時間は掛かるだろう。

そんな折に、阿藤先輩が場の空気を徐々に変調させていく。

「華穂ちゃんもさ、千草ばっかじゃなくて俺にも構ってくれよ」

華穂は眉を八の字にして困ったように笑う。

「俺達も一夜限りとはいえイチャイチャした仲じゃん？」

その言葉で華穂が緊張したのがわかった。握った手が強張り手汗を滲ませている。

僕は大丈夫。気にしていないよと言わんばかりに彼女の手を優しく握った。すると華穂も安心した様子を見せる。

華穂にしてみれば突然のセクハラめいた言葉だが、僕と阿藤先輩は事前に打ち合わせ済みだったりする。

「そろそろ千草もまた、華穂ちゃんを俺に抱かせたくなってきたんじゃないのか？」

打ち合わせ済みだろうが緊張はする。

「いやぁ……どうでしょうね」

煮え切らない返事。

以前のままの華穂ならここで極度の不安を覚えたに違いない。

しかし少しずつ僕は華穂に刷り込みを続けてきた。

『寝取らせプレイ』は僕らにとって有益なんだと。

そしてその効能を僕からの愛という形で、実際に発揮し続けていたのだ。

この一月、僕は丁寧に丁寧に、そして時に情熱的に華穂を愛し続けていた。別に計算してそうしていたわけではない。単純に華穂が愛しかっただけだ。

そしてそれは『寝取らせプレイ』をした結果なんだと、控えめにアピールしてきた。

それはまるでサブリミナル効果のように彼女に浸透していた。

ここで阿藤先輩が更なる攻勢に出る。

「本当はまた俺に抱かせてみたいと思ってるんだろ？」

車内に僅かな静寂が訪れた。

華穂の緊張が手の平を伝ってくる。

それ以上に僕が緊張している。

僕は華穂の表情を見る事ができないでいた。

「そう……かもしれませんね」

一種の賭けだった。これで華穂が明確な拒絶を示したら、僕はもうこのプレイから一切手を引こうと思っていた。

いくらドーピングのように愛情が深まるプレイだとしても、本気で嫌がる彼女を無理矢理付き合わせてまでするような事ではないと理解していた。

しかし華穂の抵抗は思ったよりも軽微だった。

彼女は冗談っぽく僕の指を軽くつねるだけだった。

おそるおそる彼女の横顔を覗くと、唇を尖らせて僕を横目で睨んでいたが、その視線はあくまで柔らかいものだった。

どうやらこの一月で積み重ねてきた、僕の丹念な努力は実を結んでいたようだ。

最初は清水の舞台から飛び降りる決意と覚悟を抱いていた『寝取らせプレイ』に、華穂はそこまでの心理的なアレルギーを催してはいないようだった。

ここまでくると、華穂もこのドライブの真意を理解したようだ。

「華穂ちゃんはどうだった？　あれから千草に冷たくとかされなかった？」

「いえ……すごく優しかったですけど……」

阿藤先輩からも言質（げんち）を取られる。

「そっか。良かったな。俺も当事者だから結構心配してたんだよ。俺の所為で二人がギクシャクしたらどうしようってさ。でも千草によると、ラブラブっぷりが加速しただけみたいで良かったよ」

そこで「おかげ様で」と言える程には華穂も肯定的ではない。

そこは年上の余裕なのか、阿藤先輩が飄々とした口調で捲し立てる。

「不思議なもんだよな。他の男との経験が恋人同士のカンフル剤になるなんてさ」

車内で喋っているのは阿藤先輩だけになる。僕達はただ手を繋いで黙っていた。

「どう、華穂ちゃん。千草もこう言ってるわけだし、もう一回カンフル剤に手を出しちゃうってのは」

僕は曖昧な返事をしただけだけど、積極的に再度のプレイを望んでいる事にされている。いや、実際望んではいるのだが。

この辺りは阿藤先輩の気配りなんだと思う。

僕がはっきりと華穂に要求したわけじゃないという言い訳を用意してくれたのだ。あくまで主導権を握って強く推したのは阿藤先輩だという図式を作ってくれた。

それでも最後は華穂の貞操観念が勝った。

彼女は僕から勇気を分け与えてもらいたがるかのように手を強く握ると口を開いた。

「……あの……私としては、やっぱりああいう事はもう……」

僕は我ながら身勝手だと思いながらも、彼女のその言葉を聞けて安堵したし嬉しくも感じた。

「そっか」

阿藤先輩も下手に食い下がる事をせずにその一言だけで会話を〆る。

そして車は無言の僕達を海の真横で運び続けた。

ほんの少し気まずくはあったけど、僕としては清々しい気持ちで胸がすくような思いだった。

ずっと悩んでいた。

自分の勝手な劣情で華穂を他の男に抱かせるだなんて、そんな事を繰り返そうとしていていいものなのだろうか。

しかし華穂がはっきりと断ってくれたら、もうこの件は終わりである。

僕ももうあの夜の事は幻だったと諦める事ができた。

そう思っていた矢先だった。

車は海の見える県道から離れると、舗装のされていない林道へと入って行った。

奥まった場所まで行くと阿藤先輩が僕に声を掛けた。

「千草。少し華穂ちゃんと二人で話をさせて欲しいんだけど」

その声色は、先輩として後輩を諭すものだった。

普段通りの後輩思いの彼の声だった。

僕と華穂は顔を合わせると、なんだろうねとアイコンタクトを交わしながらも僕は車を降りた。

そしてずっと座りっぱなしだった身体で伸びをする。

するとすぐに阿藤先輩も車を降りたと思ったら、僕にこっそりと耳打ちしてきた。

「今から華穂ちゃん説得してやるよ。お前もこのままじゃ引っ込みつかないだろ？」

そう言って彼は僕と入れ替わりで後部座席に入って行った。

僕はもう諦めたつもりだったので、もう十分ですと阿藤先輩に伝えたかったが、それを許さないくらいに彼はそそくさと車の中に入って行ってしまった。

彼は少々世話焼きがすぎるきらいがあるので、その部分が出てしまったのかもしれない。

そもそもこのプレイも、そして今日のドライブも僕のお願いで実施してもらったものなので、「もう結構です」と簡単には言えない。

人気のない林道で僕一人が取り残される。

僕は阿藤先輩の説得とやらが終わるまでボケっと車に背を預けながら待った。

そんなものでもう華穂の気持ちが左右されるとは思わなかったからだ。

華穂は大人しくて引っ込み思案だが、ああ見えて頑固なところがある。ただ押しに弱いだけのか弱い女の子ではないのだ。無理を通そうとしても逆効果なだけだ。

そんなわけで僕は比較的何の心配もせずに、静かな林が時折風に揺れるのを眺め続けていた。

説得とやらもそう長くは続くまいとタカを括っていた。

しかし予想に反して中々阿藤先輩が出てこない。

不思議に思った僕はこっそりと中を覗いてみた。すると阿藤先輩が身振り手振りでなにかを熱心に伝えている。

僕は中腰になると、後部座席の扉に耳を当てて中の会話を窺ってみた。

「だからさ、千草も悩んでるわけなんだよ」

「はぁ……」

「倦怠期っていうの？　そういうのはどんなカップルにもあるもんだしさ」

「はぁ……」

阿藤先輩の熱弁に対して、華穂はどことなく適当に受け流しているようだった。

しかしとある一言でそんな華穂も様子が変わる。

「男は毎日好物を食べてるだけじゃ駄目なんだって。飽きちゃうんだよな」

「……っ！」

華穂の息を呑む音が聞こえた。

この一月で華穂から感じた事だが、どうも今回の件を通じて華穂は僕から飽きられるという危機感を覚えたようだった。

今まではそんな事を考えもしなかったのだろう。

しかし僕の苦悩を聞いて、その可能性を案じるようになってしまった。

そしてその言葉は魔法の力を持つようになる。

『千草に飽きられるかもしれないよ？』

華穂はそれを最も恐れているようだった。

僕が積み重ねて刷り込んできた『寝取らせプレイ』の有益性などよりも、余程そちらの言葉の方が彼女の胸に刺さっていた。

「俺も先輩としてさ、二人には仲睦まじくしてて欲しいわけよ」

僕はほんの少し阿藤先輩の態度に違和感を抱いた。

華穂を説得する姿勢が妙に熱心な気がする。

最初のプレイの時はどこかドライですらあったのに。

そんな事を思いながらも、僕は能天気に阿藤先輩を心の中で応援していた。

「な？」

華穂はすっかりと彼の話術にハマってしまっていたようだ。

「……先輩は、ちー君からそういった事を相談された事があるんですか？」

自信無さげにそう尋ねる。

「そういった事って？」

華穂の声は益々小さくなる。

「………私に飽きるかもしれないとかそういう事です……」

そんな事実は一切ない。

しかし阿藤先輩ははぐらかした。

「いやぁ、どうだったかなぁ……それっぽい事は言われたかもしれないなぁ」

確かに今日の事は、多少は協力して欲しいと前以て話してあった。

しかしこのやり口は少し強引すぎやしないだろうか。

車のドアを開けて、もういいから帰りましょうと言ってやりたくなる。

そんな折だった。

「千草も華穂ちゃんとの事を考えての事なんだからさ」

そう言いながら阿藤先輩は華穂の太ももに手を置いた。

華穂の身体を触られている。

それだけで僕の胸はまるで初恋のように締め付けられた。

甘酸っぱいような、息苦しいような。

とにかく少々強引な阿藤先輩への不満よりも、これからの展開への期待が勝ってしまったのだ。

あくまで諭すような口調の阿藤先輩に華穂が遠慮がちに尋ねる。

「え……あの……ここで……って事ですか」

「大丈夫。人なんて絶対来ないし、千草が見張りしてるから」

いつの間にか僕は見張り役にさせられていたらしい。

「……あの、一度ちー君とお話しさせてください」

「ああ勿論。そうするといい」

程なくして華穂が車から降りてくる。

僕と向かい合うと、彼女は俯きながら手をモジモジとさせている。

その様子からは三人でドライブという時点で、華穂も薄々気付いていたのではないだろうか。彼女は温和だが決して鈍感ではない。

そして彼女は言った。

「……私、ちょっと怒ってる……」

「……ごめん」

僕は素直に謝った。

華穂は、はぁ、と深いため息を吐いた。そして諦観めいた微笑みを浮かべる。

「でも、ちー君のお願いなら断れないんだよね。駄目だよね。私って」

僕は益々深く頭を下げる。

「無茶な事言ってごめん……っ！」

そんな僕の頬に彼女が手の平をそっと添える。

「……私の事、嫌いになったりしない？」

その声は少し震えていた。

僕が顔を上げると、華穂の微笑みは少し不安を帯びていた。

「そんな事あるもんか」

僕は静かな林道で、声を張り上げて即答した。

「……これからもずっと……その、仲良くしてくれる？」

「する！　華穂が嫌がるくらいにイチャイチャしまくる！」

僕の必死な応答に華穂は目を丸くすると、くすくすとおかしそうに笑った。

そして僕達はどちらからともなくそっと優しく手を握り合った。

「私ね、ちー君とはずっと何も波風が立たない穏やかな日常が続いていくと思っていたの」

僕は黙って聞く。

「それなのに、ちー君は変な遊びにハマっちゃうんだもん。私びっくりしたよ」

申し訳なくて視線を横に泳がせながら頭を掻いた。

「……本当にごめん」

不甲斐ない僕に対して、華穂はまるで聖母のように微笑みかけてくれる。

「大丈夫だよ。私、ちー君を信じてるから。今までと変わらずに、ううん。今までよりもずっとずっと愛してくれるって信じてるから」

「約束するよ」

僕は心の底から誓った。

華穂も小さく頷くと、僕らはそっと唇を重ねた。

そしてお互い名残惜しそうに手を離すと、華穂が車に戻っていく。

「……じゃあね」

その車の窓から阿藤先輩が顔を出して僕らを茶化す。

「いつまでイチャついて待たせるんだよ。ったく。これだからラブラブカップルは」

彼なりに場の空気が重くなりすぎないように、わざとおどけて配慮してくれたようだ。

華穂は車の扉が閉まるまで僕と視線を合わせていた。少し寂しそうな笑顔のまま、扉が閉まりきる前に小さく手を振ってくれた。

僕がそれに手を振り返す暇もなく、バタンと音を立てて扉が閉まる。

林道にはまた僕だけが一人取り残される。

風で葉が揺れる音と、時折名も知らぬ鳥の鳴き声だけが僕を包んだ。

距離にして華穂とはたった二、三メートルなのに、まるで遠い土地で遠距離恋愛しているかのような心細さを感じる。

あの車の扉を開けばそこに華穂はいる。ドアノブには腕を伸ばせばいつだって届く。

でも僕からそれを開ける事は決してない。

僕はごちゃごちゃと屁理屈を並べ立ててはいるが、結局のところ魅入られているだけなのだ。

華穂が。

最愛の彼女が。

他の男に抱かれる様を。

生唾を呑み込みながら周りを見渡す。人が立ち入ってきそうな雰囲気はない。

僕は腰を屈ませると舗装されていない道を忍び足で進み、後部座席の扉に耳をくっつけた。

勿論見張り役としての役割も忘れてはいない。

しかしまずこの中の様子を窺わなければ、ここまで足を運んだ意味もなくなってしまう。

「相変わらず太ももすべすべだね」

「今日の下着、ピンク色で可愛いね。この後千草に見せるつもりだったとか？」

阿藤先輩の声ばかりが聞こえてくる。

彼のセクハラめいた声色は明らかにわざとらしかった。そうする事で華穂の緊張を少しでもほぐそうという思惑なのだろう。

華穂の反応は殆ど聞こえてこなかったけれど、それでもこの前とは違い生の会話が聞こえてくるのは臨場感が桁違いだった。

前回は電話を通してだったが、今回は自分の耳で聞き取る事ができる。それはとても大きな違いを生み出していた。

「ここは穴場でさ、本当に人が来ないんだよな」

阿藤先輩の声と同時に二人分の衣擦れの音が聞こえてくる。

二人が脱衣しながら肌を見せ合っている事を考えると喉が渇いてきた。

それにしても阿藤先輩はやはり遊び慣れているようだ。こんなスポットまで知っているとは。

「やっぱ大きいよね。華穂ちゃん」

見ずともわかる。華穂の胸について語っているのだ。

今下着なのか。それとも下着も脱がされているのか。状況がわからないというのも興奮を煽る。

「ほら、持ち上げるとこんなに重い」

「やっ……」

できる限り声を抑えようとしていたであろう華穂の、恥ずかしそうな声が漏れる。

「乳首弱かったんだよな」

「……んっ」

中腰になった僕はドクドクと心臓が高鳴っていた。血液が勢い良く全身に送られているのがわかる。身体が熱い。

「車でした事ある?」

「……ちー君は免許持っていないので……」

僕と経験がない。イコール自分には経験のない事だと強調してくれる。華穂のそんな健気なところが愛らしい。

「たまにはこういうのも良いだろ？」

「……よくわかりません」

「外から千草が覗いてるかもしれないよ？」

「……やだっ……」

「嘘だって。いやマジで。ほら見てみ。誰もいないから」

促されるままに華穂がおそるおそる外を窺う様子が脳裏に浮かぶ。

中腰のままの僕の姿は彼女の目には映らず、きっと彼女は多少安心しただろう。

「ほらな？　ちゃんと見張りしてくれてるから」

「……なんだか、余計にちー君に悪い気がします……」

「良いんだって。あいつが望んだ事なんだから」

確かに阿藤先輩の言う通りだ。全て僕が望んだ事。なのに股間はイライラするように勃起が収まらない。

それは華穂の乳首を弄る阿藤先輩も同様だった。

「ほら、俺のこんな風になっちゃった」

「……し、知りません」

「どう、一か月ぶりに見る俺のちんこ。懐かしい？」

「……べ、別に……」

相変わらず阿藤先輩は冗談っぽい口調で終始している。

そんな会話の中で、突然甘い吐息が響いた。

「……あっ、ん……」

「乳首弄られて気持ち良かった？　ショーツの上からでもクリトリスの位置がわかるくらい勃起してるよ」

「……いや」

「優しく触ってあげるね」

「……………んっ……んっ……」

「ショーツが濡れてきたよ。手ぇ入れるね」

阿藤先輩の太い指が、華穂のショーツに潜り込んで陰部へと伸びる。

「やっ……あぁ……」

「ぐっしょり濡れてんじゃん」

「……違っ……」

くちゅくちゅくちゅと水音が聞こえてくる。

「ほら、もっと脚開いて」

そう言われてもきっと華穂は力を抜く事ができずに内股でいるに違いない。

「華穂ちゃんも俺の触って」

「……でも」

「それくらいならいいだろ？」

華穂の手が阿藤先輩の男根に触れたのか。どうなのか。その事実を確かめたくて気が狂いそうになる。しかし立ち上がるまでもなく明らかになった。

「あぁ、いいよ……華穂ちゃんの指、すごく細くてすべすべだね……そのまま擦ってみて」

華穂が他の男の勃起した性器を触っている。僕は思わず目尻に涙を浮かべてしまう。

「千草のもそうやって優しく触るの？」

「…………恥ずかしいです」

「大丈夫。すごく気持ち良いよ。ほら、我慢汁出てきただろ？」

やがて二人分の水音が重ねて鳴り響く。

「華穂ちゃん、ショーツ脱ごうか」

ごそごそと雑音が聞こえる。華穂が腰を浮かして、阿藤先輩がショーツを脱がしたのだろう。きっとその間も華穂は甲斐甲斐しく阿藤先輩の男根を握ったままに違いない。

二人が生の性器を擦り合っている音が重なる。

ニチャニチャ。にちゃにちゃ。

阿藤先輩が華穂の濡れてクリトリスが勃起した陰部を撫でる。

そして華穂もそのお返しとばかりに阿藤先輩の男性器を擦る。

「千草と比べてどう？」

阿藤先輩はしつこいくらいに僕との違いを華穂に言わせようとしていた。

最初は無言でスルーしていた華穂もついには根負けして口にする。

「……すごく太いです……」

「千草のより太い？」

「…………はい」

渋々そう認める。

その瞬間僕は身震いするほどの恍惚（こうこつ）を得た。どうしようもない敗北に打ちのめされているのに、同時に何故か僕の心と身体は悦びを甘受していた。

「この前これを入れた時はどうだった？」

阿藤先輩の声色から茶目っ気が薄くなっていき、物静かに問い詰めるようになっていく。

「……息苦しかったです」

「それだけ？」

「…………………それだけです」

華穂の返事にはやけに時間が掛かった。

「じゃあもう一度これ入れようか。もうお互いに準備ばっちしだしさ」

「……あの……」

「ん？」

「……こんな外でするのなんて初めてで、本当恥ずかしいです……」

「大丈夫だって。千草がちゃんと見張ってるから」

「それはそれで気になって仕方ないです……」

阿藤先輩は華穂の弱音を笑い飛ばす。

「あんまり千草が気になるなら、窓の外を見ないようにしたらいい。もしかしたら外から俺達の様子を覗いてるかもしれないしな」

そして阿藤先輩は、「コンドームコンドーム」と言いながらゴムを探していたようだった。

その間、華穂がどこを見つめていたのかはわからない。

僕を探して窓の外に視線を投げかけていたのか、それとも全てから逃れるように目を瞑っていたのか。

「ほら華穂ちゃん。今日は華穂ちゃんがゴムを着けてよ」

華穂の返事は聞こえなかったが、阿藤先輩の申し出を無言で受け入れたようだった。

「ん……なんだか…………うまくいきません」

「緊張してる？　手が震えてるよ」

「してるに決まってます……」

「千草に着けてあげたりしないの？」

「……しません。ちー君はいつも自分で着けてくれます」

「真面目なカップルだな。でも華穂ちゃんも後学の為に練習しといた方が良いよ。ゴムの着用は二人にとって大事な事だからな」

「それはまぁ……そうですけど……」

しかし中々進展する様子がない。

「難しい？」

「……先輩のが太すぎるんです」

華穂は不満を漏らすように言った。

「でも太いの嫌いじゃないだろ？」

「…………」

華穂は無言のままだった。

「この前した時、すごく気持ち良さそうだったよ」

その言葉にも、やはり華穂は返答しない。

「んっしょ…………よい、しょ…………はぁ」

「お疲れ。ちゃんと着けられたじゃん」

「別に嬉しくないです」

ここにきてなんだか二人の関係性に少しずつ変化が生まれているのを感じた。

元々阿藤先輩と華穂はそれなりに親しい知人ではあった。何せ僕がお世話になっている先輩と、その僕の彼女なのだから。

華穂の半分冗談めいた悪態は、その距離感が少し縮んでいるように思えた。

その様子はまるで友達のように親し気に話している、という風にも受け止められる。

僕は胸が締め付けられた。

「それじゃ、今日は上に乗ってもらおうかな」

僕はもう堪らずにこっそりと覗き見てしまう。

阿藤先輩の上に跨がろうとする華穂。下半身だけ脱いでおり、上着はそのまま着ていた。

「上で腰振るの得意？」

華穂は顔を真っ赤にして首を左右に振った。

「その割には素直に上に乗ろうとするじゃん」

「……阿藤先輩に好き勝手されるよりかはマシかなって」

そう言いながら、華穂が阿藤先輩の男根をそっと固定する。

華穂が他人の男性器を触るのを直(じか)に見るのは胃が重くなる。

思い返してみれば阿藤先輩の勃起した性器を見るのも初めてだった。元々は黒色だったであろうコンドームが、殆ど透明になる程に伸びきっている。それは彼の逸物(いちもつ)が平均以上の太さを有している証拠だった。

その雄々しさは見るからに明らかで、僕のモノより一回り以上も大きかった。

それの先端を軽く摘まんで、そして華穂はその穂先を自身の秘裂にあてがっている。体勢上仕方がない事とはいえ、華穂の方から能動的に結合へと向かっているように見えるのが悔しい。

華穂が徐々に腰を落としていく。

「……んっ」

逞しい亀頭が恋人の陰唇を押し開いていく。

華穂が今、意識を外に向けたら僕が覗いているのがバレてしまうだろう。しかしそれでも僕は目が離せなかった。

「やっ……あぁ……」

あんなに雄大な肉槍が、嘘のように華穂の中へと呑み込まれていった。

「相変わらずキツキツだね。華穂ちゃんの中」

「……いや……」

華穂の膣内を褒める阿藤先輩の口元は緩んでいた。

「動かしても良い？」

華穂は黙って首を横に振る。

「どうして？　もうこんなぐちょぐちょなのに」

暫く逡巡(しゅんじゅん)した後、華穂は言った。

「……声、我慢できそうにないです……」

よく聞くと、華穂の息遣いは既に浅いものになっていた。

「……はぁ、はぁ……」

結合しただけで彼女のこめかみからは汗が滴り落ちている。

「外にいる千草にまで届きなそうくらい喘いじゃいそう？」

愉快気に尋ねる阿藤先輩。

相変わらず華穂の呼吸は荒いままだ。挿入しただけで感じているのが伝わってくる。

「本当は腰振って欲しいんだろ？　華穂ちゃんのエッチなお汁が太ももに垂れてきてるぜ」

華穂の顔がまた一段と赤くなった。

華穂は俯くと息切れしながらも小さな声を漏らす。

「……お願いします…………恥ずかしい事、言わないでください……」

「余計に濡れちゃうから？」

「……もう……」

華穂は呆れを表明したが、そこに本気の苛立ちや怒りは感じ取れない。

「華穂ちゃん全体重掛けてないだろ？　根本まで入ってないよ」

「……でも……」

「ほら、おいで」

阿藤先輩が華穂の腰に両手を添えると、ぐっと力を込めたようだ。

華穂の腰が下方に引き込まれ、二人の下腹部が完全に結合する。

「あっ……ん……」

「全部入ったね？」

「…………や、あぁ……」

「何が入ったか言ってごらん」

「……いや……恥ずかしい」

「腰振るよ？」

それだけは今の華穂にとっては避けたい事らしい。

「……お、おちんちん……」

息も絶え絶えにそう言う。

そんな弱った獲物を前にして、阿藤先輩は更に要求を高めていく。

「ちんぽって言ってみ」

「……そんな…………いや、です」

「じゃあ思いっきり腰振るよ？　それで大きな声を千草に聞かれる方が恥ずかしくない？」

それでも卑猥な言葉を口にする羞恥心が勝ったのか、華穂は中々要求通りの言葉が口に出せずにいた。

そこで阿藤先輩が一度だけ軽く華穂を上下に揺する。

「あんっ！」

「ほら、そのエッチな声、外に漏れてるかもしんないぜ？」

華穂はついに耳まで真っ赤になった。

そして観念するように言う。

「何が入ってる？」

「……お、おちんぽ……です」

「ちゃんと最初から最後まで言おうか」

「……うぅ」

華穂は恥辱で目尻に涙まで浮かべていた。

しかし阿藤先輩は容赦なくそんな彼女を追い込む。

二度、三度と華穂を腰で突き上げた。

「あっ、あんっ！」

「早くしないと千草に聞こえちゃうぜ？」

「はぁ、はぁ……………言う……言うから…………待って……」

「誰の何が、誰のどこに入ってるの？」

「…………阿藤先輩のおちんぽが……私の……その……おま○こに……入ってます」

「奥まで入ってる？」

華穂は泣きそうな顔でこくりと頷く。

「千草のはここまで入らない？」

「……い、いやです……そんな事言いませんから……」

「またエッチな声出させるよ」

しかし華穂は頑固だった。

「それでも……そんな事言いません……ちー君と比べるような事……言いたくないです……」

僕は華穂が頑として譲らなかった配慮がとても嬉しかった。胸が温かくなった。

しかしそれは同時に、言葉にしないだけで阿藤先輩の性器の方が奥まで届くと認めているようなものではあったが。

　それでも僕は華穂の気持ちが嬉しかったのだ。

　阿藤先輩も感慨深そうに笑みを零す。

「華穂ちゃんって本当に良い子だよな。可愛がってる後輩にこんな良い彼女がいるのは俺も嬉しいよ」

　そう言いつつ、彼女のシャツを捲り上げる。薄桃色のブラジャーと、それに包まれた豊かな乳肉の谷間が露わになった。

　そしてそのブラジャーのホックを外そうと背中に手が伸びる。

　しかし華穂が両手で阿藤先輩の胸板を押す。それは確固たる拒絶の意志が見て取れた。

「ブラ外すのは嫌？」

「……流石に外で裸には……」

　華穂の性格を考えれば当然の拒絶反応である。

　ついこの前までは僕と一緒で人前で手を繋ぐ事すら恥ずかしがっていたのだから。

「わかったわかった。しかしそんな恥ずかしがり屋なところも可愛いよな」

　阿藤先輩はそう言うと両手で彼女の両手を握った。そして言葉を続ける。

「そんな華穂ちゃんがもっと恥ずかしがるところを見たいな」

そう言うや否や、その重厚な腰で華穂の事を持ち上げる。

「あっ、ん」

華穂の口から甲高い声が漏れた。

それを愉しむように阿藤先輩は続けて腰を突き上げる。

「あっ、あっ、あっ、あっ、あっ」

華穂は抗えないといった様子で嬌声を漏らす。

「やっ、あっ、待っ、て……外に、ちーくんが…………」

「大丈夫大丈夫。そんな車の近くにいないって」

僕の鼻先は窓ガラスにくっつきそうな程肉薄していた。当然華穂の愛らしい喘ぎも鮮明に耳に届いている。

「あっ、あっ、あっ、だめっ……太い……」

「何が？」

「やっ……」

「さっきと同じように言ってごらん。さもないともっと激しく動くよ？」

車は十分派手にギシギシと上下に揺れていた。

傍目から見れば中でなにをしているかは一目瞭然だろう。

それでも華穂は僕に喘ぎ声を聞かれたくなかったのだろう。

「あっ、いぃっ、あっはぁ……ちんぽっ、先輩の大きいちんぽが、あっいっ♡　奥まで届いて………あっあっあっあっあっ！」

「奥まで届いてどうなん？」

「やっ、だぁ……言わせないで……ください……あっあっあっ……」

「言わないと……こうだよ」

その瞬間、華穂の身体が殊更大きく上下に揺れた。ブラジャーに包まれた乳房がたぷんたぷんと揺れ、そして車のサスペンションが跳ねるように上下動する。

「あっ、あっ、あっ、あっ、あっ♡」

「ほら、言わないと。千草にその可愛い声、聞かれちゃうよ」

「ま、待って……待って………気持ち良い……気持ち良いから……あっあっあっ♡

阿藤先輩のおちんぽ、気持ち良いっ……だから、もう許して……ください……」

華穂がそう言うと、阿藤先輩は満足そうに腰遣いを緩めた。

「はぁ、はぁ、はぁ、はぁ」

激しく息を乱す華穂。そんな彼女とふと視線が合ってしまう。

彼女は顔を林檎のように染めると、物凄い勢いで顔を明後日の方向へと向けてしまった。僕も罪悪感から反射的に背中を向ける。

僕が覗き見ていた事がバレてしまった。

その所為か華穂の声の押し殺し方は意固地なまでに頑なになる。

「んっ、んっ、んっ、んっ、んっ……」

それでも図太い剛直に奥底まで貫かれ、脳天まで痺れるような快楽を与えられては我慢にも限界があるようだった。

「あっ、あっ、あっ、あっ、あっ♡」

華穂は自身がそのような声を漏らしている事に、心を痛めてるように感じた。それでも尚ひり出される嬌声はあまりに甘い。

「いっ、いっ、いっ♡　イクッ、イクッ……イッちゃいます……」

僕はその声を背中で受けると、チャックから勃起した性器を取り出して扱いた。

「じゃあまた一緒にイこうか？」

阿藤先輩がそう提案する。

僕も経験した事ない、華穂との同時絶頂。それを彼はいとも容易く達成する。

「やっ、あっ♡　だめっ、ちー君、見てる……から……」

「良いじゃん。俺達も仲良しだってところを見せつけてやろうぜ」

「だめっ、だめっ、仲良しじゃない……ちー君が、一番好きだから……だめっ……」

「じゃあせめてキスして良い？」

「絶対駄目っ！」

華穂の返答は素早く、そして鉄壁の意志を感じた。

「ちぇー。じゃあ一緒にイこうか」

背後から聞こえる車の揺れる音が激しさを増す。

僕は見張り役の務めなんてすっかり忘れて、対面座位でよがる華穂の声ですっかりと自慰に耽っていた。

「あっ、あっ、あんっ、あぁっ♡　イクッ、イクッ、イクイクイクッ♡」

「俺も出すよ……」

「駄目、駄目、一緒は……駄目」

「ほら、すぐそこに千草がいる。はは」

「意地、悪……あっあっあっ♡　ちー君、ごめん、なさい……あああぁっ♡♡♡」

「うっ、締め付けスゲ……あぁ出る……」

僕が射精するのと同時に、車の揺れは収まった。僕は野外でびゅうびゅうと勢い良

く吐精しながらも、華穂の乱れた息遣いを聞いていた。

第三話　なし崩し

暖かい陽気も手伝って、講堂の大半は夢の中だった。

講義にさえ出席すれば単位はくれる、年配の教授の講義だったのでこれがいつもの光景といえばそうだった。

そんな中でも僕と、僕の隣の華穂は真面目にノートを取っていた。

ちょっと前までは講義は一緒でもそれぞれの友人と一緒に座る事が多かったが、最近ではこうして肩を寄せ合う事が殆どだ。

最初に言い出したのは華穂の方からだった。

今まではキャンパス内では別行動が多かったけれど、随分と二人の時間が多くなったと思う。

「最近お熱くなったたな」

友人達にそう茶化される事も増えた。悪い気はしない。

少しでも僕といたがる華穂の気持ちはなんとなくだがわかる。不安なのかもしれない。僕の部屋に泊る頻度も増えてきた。

当然のようにベッドの中で求めあう数も、そしてその熱も正比例している。

全てがあのプレイの影響であるのが明白だった。

今日もとある予定を、阿藤先輩と交わしてある。

眠気に誘われる講義の中でも、真面目にノートを取っている僕達の放課後を予見できる者は少ないだろう。

今晩、華穂は僕の目の前で阿藤先輩とセックスをする。

それもたっぷりとフェラチオをした後で。


三人でのドライブデートの帰りだった。阿藤先輩が華穂に提案した。

『そろそろ千草の前でセックスしても大丈夫じゃないか』

『だ、大丈夫なわけありません』

『でもちょっとは慣れてきただろ？』

その問いかけに華穂は口を閉ざしていた。

ともかく僕にできるのは、今まで以上に華穂へ愛を注ぐことだけだった。

華穂が一緒にいたいと言うのであれば全面的に応じた。

学校の中だろうと外だろうと関係無い。

僕にとっても華穂は愛しかった。

それだけにもっともっと、他の男に抱かれる姿を見たくなった。

三度目のプレイの話は、ドライブデートが終わってすぐに阿藤先輩から持ち込まれていた。

『まだ楽しみたいだろ？　次はいつやる？』

『華穂の気持ちが一番大事ですから……』

そうは言いながらも僕は期待していた。

更なるスリルと興奮を味わいたくて胸が高鳴っていた。まるで麻薬のような中毒性だと思った。

しかしそれでも華穂が頑なな拒絶を見せればそこで終わりにしようと心に決めていた。心のどこかでそれを望んでもいた。

阿藤先輩の腕の中でよがる華穂の姿を見たい気持ちと、もうプレイを打ち切りたい気持ちが相反している。

『お前から言いづらいなら俺から華穂ちゃんに話をつけてやろうか？』

『阿藤先輩……少し積極的になってません？』

ドライブデートの時から感じていた違和感をぶつけてみる。

もし彼が華穂の抱き心地の良さに執着を芽生えさせているならば、それは危険信号だと思った。

しかし彼はそれを否定する。

『なに言ってんだよ。お前らの為だろうが』

そう心外そうに笑った。

今まで幾度となく、大なり小なり阿藤先輩にはお世話になってきた。その大らかな笑顔を疑う事などあるわけもなかった。

それから話はトントン拍子、とまではいかないまでも、それほど時間は掛からずに決まった。

阿藤先輩が華穂を説得する現場を見ていたわけではないが、硬軟織り交ぜた会話術で華穂を納得させたのだろう。

僕の華穂に対する愛情も、態度としてうなぎ登りになっていた。華穂としてもそこは疑う余地がなかったようだ。

しかしやはり直接僕の目の前で、という条件は最後まで渋っていたようだ。

それはそうだろう。華穂はただでさえ生粋の恥ずかしがり屋なのだ。

そもそもセックスを誰かに見られるなんて事自体が本来ならば断固たるＮＧなのだ。

その上、セックスのパートナーが僕以外だなんて彼女にとっては許せるはずもない。

それでも阿藤先輩は粘り強く、あくまで話の焦点を『僕らの交際の利点』に絞って説得したらしい。

プレイがエスカレートすればするほど僕の愛が深まる。そう懐柔したらしい。

間に阿藤先輩という交渉人を置いた事によって、僕と華穂は直接その話をしなくなった。

その結果、僕らは余計な事に気を遣う必要がなくなり、プレイによってもたらされる甘い蜜だけを吸う事になる。

僕は永遠の愛を華穂に誓い、華穂は底なしの愛を僕に求めた。

それはまるで円を描くように永久機関が成立していた。

歪なやり方ではあるのだろうけれど、僕達は間違いなく幸せの中にいた。


果たして本当にこれが幸せなのか。

今一度他人から尋ねられたら僕は何と答えるべきなのだろうか。

しかし僕はもう華穂から目を離す事はできなくなっていた。彼女も同じだろう。キャンパスの中でも常にくっついて行動しており、一時も離れまいと手を握り合っている。

そんな僕らが、今まさにその間に阿藤先輩という他者を入れている。

月の見えない晩だった。

僕の部屋に三人が集合していた。

「それじゃあ早速」

阿藤先輩がニヤつきながらベッドに腰掛ける。

その前に僕と華穂が手を繋いで立っていた。

「どうした？　こっち来いよ？」

彼の言葉は華穂だけに向けられていた。

華穂は俯き、寂しそうな視線を僕に向ける。このままでは埒（らち）があかないと僕から手を離すと、彼女はとぼとぼと阿藤先輩の前に立つ。

「それじゃあ脱ごっか」

「……電気は消して欲しいです」

阿藤先輩と華穂はそんなやり取りの後、服を脱ぎだした。部屋の電気は僕が消した。

華穂も阿藤先輩の前で脱衣する事にはもう慣れてきたようだった。ただ僕の視線だけが気になるようで、どこかもたついていた。

「俺の下は華穂ちゃんが脱がして」

下着姿となった華穂は、上半身だけ裸になった阿藤先輩の前に腰を下ろす。そして靴下からズボン、そして下着を脱がしていった。

阿藤先輩の男根は既に屹立していた。血管が浮き上がり、その野太さや筋肉の塊のような質感も相まってやけに粗暴な肉塊に見えた。

「華穂ちゃん、した事あるの？」

フェラチオの経験を尋ねる。

華穂は昨晩までそれの経験がなかった。僕は清楚な彼女にそんな事を求める気には到底なれなかったのだ。

しかしこのプレイの為に、昨晩華穂の方から僕の陰茎を舐めると申し出てくれた。初めては僕に捧げたいと、その健気な気持ちと舌遣いを受け取った。

華穂は随分と長い間逡巡し、その間僕はバクバクと心臓を鳴らしていた。

やがて覚悟を決めた彼女が、顔を阿藤先輩の股間に埋めると、男性器の根本に舌を這わせた。

そんな彼女の頭を優しく撫でながら阿藤先輩は言う。

「華穂ちゃんの舌、すごく柔らかくて温かくて気持ち良いよ」

僕は気が狂いそうになった。

僕以外の男が華穂の舌の感触を陰茎で受け止めている。

「そのまま裏筋を舐め上げてきてみ」

しかもその上、自分好みのやり方を教え込もうとしている。

「あぁ……すごく良いよ。それじゃあ咥（くわ）えられる？」

華穂の小さい口にとんでもない要求をする。あんな凶器めいた男根を咥えろという。

しかし素直な華穂は言われるがままに、その亀頭を口に含んだ。

昨晩僕にした時と同じだ。華穂は不慣れながらも逸物を頬張ったまま、一生懸命首を前後に振る。

その度に唇が陰茎に擦れ、唾液が塗られて独特の音を奏でる。

くちゅ、くちゅ。くちゅ、くちゅ。

「舌遣いが初々しくていいな」

阿藤先輩はそう言いながら華穂の頭を撫でると視線を僕の方へと向けた。

「こういう頑張り屋さんなところが華穂ちゃんの良いところだな」

華穂からフェラチオを受けながら、僕に対してそう言ってのけた。

華穂の首が止まる。

「どうした？　千草に見られてて恥ずかしい？」

千草は何のリアクションも起こせずにいた。後ろからでも華穂の耳たぶが真っ赤に染まっているのが見える。

「ほら、続けなって」

そう促されると、華穂はおずおずと再び首を動かし始める。

「しっかり千草が見てるよ。華穂ちゃんがフェラしてる後ろ姿」

華穂は何も言わずにフェラチオを続ける。

僕は何か阿藤先輩に言ってやりたかった。

華穂に意地悪は止めてくださいと言ってやりたかった。

しかしカラカラに渇いた喉から言葉が出る事はなかった。ただただ喉の奥からドクドクと心臓の音が聞こえてくるだけだった。

「華穂ちゃん。千草の奴、勃起してるぜ」

そう言われても反論すらできなかった。

「俺の方が華穂ちゃんの口の中でガチガチだろうけどな」

素直に羨ましいと思った。

華穂の清らかで奥ゆかしい口に咥えられて、勃起するのは何とも言えない興奮だろうと嫉妬した。

「もっと舌を巻きつかせるようにできる？　そうそう。上手いじゃん」

どんどんフェラチオのやり方を教え込まれていく。

他の男の好みにカスタマイズされていく。

僕はそれをどうする事もできずにただ見届ける事しかできなかった。

足の裏に根が張ったように一歩も動けず、阿藤先輩の言う通りにフェラチオを続ける華穂のか弱い背中を見つめ続ける。

「少しペース上げてみようか」

阿藤先輩は我が物顔で華穂に要求を重ねる。

華穂の背中からは僕を振り返ろうとする気配が感じられた。

しかしそれはしない。

もう彼女も理解せざるをえない。プレイも三度目となれば、僕がただの傍観者でしかない事を。

華穂の心拍数はきっと今の僕と同じペースを刻んでいるに違いない。

まるで爆ぜてしまいそうな程の鼓動。

緊張と恥辱と、そしてそれらを押し流す惰性。

華穂の唇が、まるで性器のような音を立てて陰茎を摩擦する。

じゅぽっ、じゅぽっ、じゅぽっ、じゅぽっ。

阿藤先輩が歓喜の声を上げた。

「おお、すげえエロいよ。それ」

そして余計な一言を口にする。

「千草にもしてやったらきっと喜ぶぞ」

まさに余計なお世話である。

僕は華穂にそんな事を求めた事などなかった。ただ一緒にいてくれればそれで幸せだった。

そんな事？

そんな事とはなんだろう。

不純な快楽を意味するのであれば、今まさに僕が彼女に求めているのは……。

じゅぷっ、じゅぷっ、じゅぷっ、じゅぷっ。

目の前の光景から逃避するように自問自答する僕の耳に、華穂のあどけない口が奏でる卑猥な水音が届く。

「あぁ、華穂ちゃんの口ま○こ、すげえ吸い付いてくる……」

阿藤先輩は下品な笑みを浮かべた。

「下のま◯こと同じだな。健気に一生懸命ちんぽ気持ち良くしようとしてくれる」

阿藤先輩にとっては誉め言葉だったのだろうが、華穂にとってはどうだったのだろうか。その心境ばかりは僕にも推し量れない。

ともかくペースダウンしかけた華穂のフェラチオを、阿藤先輩は鼓舞するように言った。

「ほらほら、もっと唾液塗りたくるように。手は使わずに口だけでやってみようか。もうすぐでイけるからさ」

華穂も半ばヤケの心境だったのだろうか。言われた通り両手を阿藤先輩の太ももに乗せると、首をこれまでよりも激しく振った。

じゅっぽじゅっぽじゅっぽじゅっぽじゅっぽ。

これ以上ないという程に卑猥な水音が僕の部屋に鳴り響く。

華穂の唇が擦り上げ、舌が巻きつき、唾液が塗りたくられる音。

その対象は僕ではなく阿藤先輩の陰茎である。

「あぁ……いい」

阿藤先輩は恍惚の表情を浮かべる。

「出すよ」

その一言で、華穂は慌てた様子で顔を離した。流石に口の中に出されては堪らないと思ったのだろう。

しかし阿藤先輩も意に介した様子もない。

「手で擦って」

そう言うと下腹部を突き出す。

僕は絶句した。

射精を目前にして張り詰めた阿藤先輩の男根は、まるでサツマイモのような図太さを見せていた。凸凹と浮き上がった血管といい、唸りを上げそうな筋肉の質感といい、僕のそれとはまるで雄々しさの桁が違っていた。

僕は思わずその禍々(まがまが)しい程の男性器に威圧された。

華穂はこんなものに二度抱かれ、そして今まで口で奉仕していたというのか。

僕は途端に弱気になり、少なからず後悔も覚えた。

しかしその後悔がまた興奮に繋がる。

華穂はもうその男根に対して恐れの感情は抱いていないようだった。慣れ親しんだ、とまではいかないいかもしれない。それでもしっかりと両手で握り、快楽を与える為にシコシコと扱き上げたのだ。

華穂の繊細な手。

握るとしっとりと温かく、保護欲に溢れる小さな手。

それが銃火器のような阿藤先輩の男根を扱いている。

「あぁっ、イク……イクよ？　華穂ちゃん」

華穂は小さく顎を引いた。それが呼びかけに対する頷きなのか、それとも射精からの回避行動なのかはわからない。

ともかく次の瞬間にはまるで噴火のように阿藤先輩の鈴口から精液が噴出した。それはとんでもない勢いだった。

ビュルッ！　ビュルルルッ！

そんな音が聞こえてきそうな力強さで、まずは華穂の脳天に精液を飛び散らかせていく。

そしてそれは徐々に照準を下方に下げていき、華穂の顔を白く染めていく。

その白濁液は見るからにねっとりとした粘度と濃度を誇っており、華穂の可憐な顔はあっという間にマーキングされてしまった。

それだけに留まらず、射精はまだまだ続く。華穂の胸元から腹部にもその粘液を飛ばし、華穂の全身を白く染められてしまう。

僕はそれを見届けながら、華穂が僕の手から離れてしまうという危機感すら抱いてしまった。

他の男の精液で色と匂いをつけられる。

たったそれだけの事が、これほどまでに絶望感を与えられるなんて知らなかった。

僕は膝が小さくガクガクと揺れて、気合を入れないとその場に腰を落としてしまいそうになる。

射精が落ち着いても、華穂の手の平の中でサツマイモのような陰茎はその雄々しさを保ったままヒクついていた。

「はぁ～……華穂ちゃんの手、すべすべですごい気持ち良かった」

阿藤先輩は全身を弛緩させて満足そうにそう言った。

かと思えば信じられない要求を被せてくる。

「ついでにお掃除フェラも勉強しようか」

そんな事しなくていい。そう後ろから声を掛けたくなった。しかし僕は電池が切れたブリキ細工のように、声すら発する事ができなくなっていた。

「それができたら千草もきっと喜ぶぞ」

そんな言葉で華穂がなんでも言う事を聞くと思ったら大間違いである。

しかし僕の前で下着姿になり、他の男の性器を口で奉仕し、あまつさえ全身に精液を塗りたくられた華穂に平常心を求めるのは酷だった。

華穂はどこか酩酊(めいてい)しているようにも見えた。

「ほら、ちんぽがザーメンで汚れてるだろ？　それを華穂ちゃんの舌で舐め取って綺麗にしてやるんだ」

華穂の両手は微かに震えていた。その震えが何の感情を表していたのか僕には皆目見当もつかなかった。

しかし彼女はふらふらとした様子で顔を阿藤先輩の下腹部に近づけると、可愛らしい舌を出してそれで精液塗れの肉竿を舐めた。

丁寧に、少しぎこちなく精液を舐め取っていく。

「そうそう。綺麗にな」

阿藤先輩に頭を撫でられながら。

華穂は裏筋やカリまでしっかりと精液を舐め取っていく。

一生懸命、健気に。

「そのまま金玉も舐めてみようか」

精液を舐め取った華穂にとって、それくらいはもう抵抗感がないのだろうか。

顔を少し横に傾けると、阿藤先輩の股間の底に顔を埋めた。

そして睾丸に舌を這わせる。

「デリケートな部分だからゆっくり優しくな」

彼の指示をしっかり守るような優しい舌遣いだった。

それよりも僕が気になったのは、舐め取った精液をどうしたのだろうという点である。

吐き出した形跡は見当たらなかった。では竿に付着していた少量の分とはいえ、華穂は阿藤先輩の精液を呑み込んだのだろうか。

そんなわけはないと首を振る。

もはや僕は喉どころか唇までカラカラに渇いていた。

「優しく吸ってみ」

華穂は言われた通りに、唇を窄(すぼ)めると睾丸を穏やかに吸った。

「そうそう……あぁ、気持ち良いよ」

勃起したままの阿藤先輩の陰茎がビクンビクンと跳ねる。

「千草にもそうしてやんな」

華穂は何も言えなかった。僕にも言葉が見つからない。

『今度僕の睾丸も吸ってくれよな』

そんな事は口が裂けても言えなかった。きっと一生言えない気がした。では僕は華穂に睾丸を愛撫される事なく一生を終えるのだろうか。阿藤先輩はあんな丁寧に吸われているのに？　そう考えると泣きそうになった。

僕がそんな風に打ちひしがれている間も華穂の唇は阿藤先輩の睾丸に吸い付いていたし、睾丸を舌の上で転がされる度に射精したばかりの肉竿はビクビクとヒクついていた。

もうそんな事しなくていいよ。

そんな事を言う資格など僕にあるはずもなくじっと拳を握りしめながら、恋人が先輩の睾丸を舐める後ろ姿を見ていた。

それは精々数分間の出来事だったのだろうが、僕にはとても長い時間のように思えた。

漸く阿藤先輩が満足する。

「もういいよ。気持ち良かった」

優しい声を華穂にかける。まるで彼氏のようだった。

そんな穏やかな声色とは裏腹に、陰茎はもう臨戦態勢を整えていた。

バキバキに勃起した肉槍はやはり威圧的な雰囲気を纏っていた。

少しでも早く華穂の中に入りたいという期待に満ち充ている。

「じゃあ今日も華穂ちゃんがゴムを着けてみようか」

そう言いながらにこやかに阿藤先輩が華穂にコンドームを渡す。

華穂の息遣いは既に浅くなっていた。あれだけ太い男性器を口で奉仕していたので当然の消耗だ。

しかしその呼吸は肉体的な消費ではなく、どこか性的な昂りも感じさせた。僕はそれを自分の勘違いだと言い聞かせる。

華穂の動きは一つ一つが緩慢だった。その原因は羞恥心ではなく、まるで僕に対する何らかの罪悪感を背負いながら動いているかのようだった。

コンドームを亀頭に被せると阿藤先輩が言う。

「今日は口で着けてみようか。折角フェラも上手くなったんだし」

僕も華穂もそれを拒否しない。

部屋の中はまるで催淫剤で充満したかのように、身に覚えのない匂いが漂っていた。

それが単なる精液の匂いだとはわかっていても、この部屋の支配主はもはや僕ではない事は明白だった。

かといって阿藤先輩が高圧的な王様として君臨しているわけでもない。

そこには華穂という静かなパートナーが確かにいた。

彼女はやはり何も言葉を発する事はなかったが、常に背中からは僕に対するメッセージを送り続けていた。

『本当に良いの？』

僕は無言を貫き通す事で、その問いかけを肯定していた。

その結果、華穂は唇だけで勃起した男根にコンドームを被せる事に四苦八苦している。

「俺の太いからな。難しいだろ？　でも俺のでできるようになれば、千草にも同じようにしてやれるから」

まるでトレーナーのようにどこか親身にそう言う。

「んっ……ふぅ……ん………」

華穂は何度か首をゆっくり前後させると、その作業を完遂させた。

阿藤先輩の男根にはピチピチになってほぼ透明になった緑色のコンドームが被せられていた。華穂の両手はずっと阿藤先輩の膝に置かれていた。

「それじゃあ、こっちおいで」

促されるままに手を引かれ、華穂がベッドに乗る。

いつもは僕と華穂が抱き合って寝るベッド。

今は別の男の精液を纏って寝そべっている。

阿藤先輩が華穂の下着を脱がしていく。その手つきは非常にスムーズだった。

ショーツを脱がされる時に、まるで唾液のような糸が引いていた。華穂の陰唇は微かに口を開いて、ぬめりを伴っていたのだ。まるでなにかを期待するように。

「やってる時の顔、千草に見てもらおうか？」

からかうような阿藤先輩の声に、華穂はブンブンと激しく首を左右に振った。

結果、二人は僕に対して足の裏を見せるように寝た。

僕からは正常位で挿入しようとしている阿藤先輩の後ろ姿と、華穂の下半身が見えている。華穂の顔は完全に見えない。だらりと左右に広がった両手はシーツを軽く掴んでいる。

「それじゃ……千草の前でセックスしちゃおうか」

その言葉の直後だった。

阿藤先輩の腰が前方へと動く。いとも容易く二人は結合したようだった。

「んんっ……！」

華穂が一生懸命声を押し殺したのがわかったのは、両手が握るシーツが一気に皺を深めたからだ。

それにしても随分と滑らかに挿入を果たすものだと僕は驚きを覚えた。待ってくださいと乞う間も無かった。

目の前で華穂が別の男と繋がった。それもあんな荒々しい男性器と。

僕は改めてショックで頭がくらくらした。

阿藤先輩が華穂の身体を抱きしめるように上半身を寝かせた。阿藤先輩の太ももが華穂の膝裏を押し上げる。結果、二人の結合部が強調されるように丸見えになった。

華穂は臀部が見える程に下半身を抱え上げられている。

そもそも男女の結合部分をこんなまじまじと目にする事自体が初めてだ。

華穂の綺麗な陰唇が阿藤先輩の剛直によって無残にも押し広げられている。

そのショッキングな光景に、僕を思わずこの場から逃避したくなる。しかし僕の足は一歩も動かないままだったし、視線も肉槍を呑み込む濡れた膣口に釘付けとなっていた。

「動くよ？」

阿藤先輩が華穂の耳元で囁いていた。

華穂は返事代わりにシーツをより強く掴む。

阿藤先輩の腰がゆっくりと、華穂の内部を愉しむように押し込められる。

「あぁっ…………ん……」

「華穂ちゃんの中、あったかいよ」

阿藤先輩は相変わらず小声で囁く。

まるでこの部屋には二人しか存在していないかのようにセックスを続けた。

腰を浮かせると、愛液を纏った肉槍が姿を現す。それを再び振り下ろす。

「……はぁっ、あっ」

「千草も見てるよ」

「……やだ……」

「恥ずかしい？」

阿藤先輩は問いかけながら、繰り返しピストンをした。

「あっ……あっ……」

その度にちゅくちゅくと淫らな摩擦音が鳴る。

「華穂ちゃんのま○こが、俺のちんぽに馴染んでいってるところ、彼氏に見られちゃってるよ？」

「……い、や……」

華穂の声は恥辱に塗れていた。

しかし阿藤先輩が続けて腰を振ると、耐えきれないといった様子であられもない声で鳴いた。

「あっ、あっ、あんっ、はぁっ、あっ」

その度に結合部は卑猥な響きを奏でる。

摩擦を繰り返す男根と膣壁によって、愛液は泡立ち白く濁っていた。それが男根を白く染め、そしてベッドにも垂れていく。

華穂が阿藤先輩に感じさせられている証が、普段僕と華穂が愛し合っているベッドに染み込んでいく。

阿藤先輩の腰遣いは徐々に激しさを増していった。

「あっ、あっ、あっ、だめっ、強いっ……」

ベッドがギシギシと軋む。

ただでさえ僕と阿藤先輩では体格が一回りも二回りも違うのだ。更にその抽送の力強さも明らかに差異が見られた。

「強いの好きだろ？」

「やっあっ、好きじゃ……ない」

「本当に？」

阿藤先輩は愉快気にピストンを数度だけ激しくした。

「あんっ、あんっ、あんっ、あんっ♡」

「ほら、好きじゃん」

「やっ、やめて……ちー君、見てるから…………あっあっあっ、いっあぁっ！」

「その千草が見たいって言ってんだから見せつけてやろうぜ」

「だめっ、だめっ……ちー君……見ないで……」

僕は華穂の懇願とは裏腹に、本気汁で真っ白に染まっていく結合部から目が離せないでいた。

阿藤先輩が腰を抜き差しする度にぐちゅぐちゅと音が鳴る。

それだけではない。

華穂は力いっぱいシーツを握りしめ、少しでも嬌声を押しとどめようとしていた。

しかしその努力も虚しく、僕との性交では聞いた事もないような甲高い声を上げるのであった。

「あっ、あっ、あっ、あっ♡　先輩、深いのっ、やめてっ……」

「どうして？　奥の方突かれるの好きだろ？」

「……でも、でも……」

「大丈夫。千草ならきっと興奮してるから」

彼の言う通りだった。

僕の股間ははちきれんばかりに勃起していた。今すぐにでも陰茎を取り出して自慰に耽りたかった。

しかし目の前で二人がこんな激しく交わっているのに、僕だけが一人オナニーに興じるのはとても惨めな気がしてならなかった。

阿藤先輩の男根がズボズボと膣口を往来し、ぬるぬるの膣壁を堪能している。なのに僕だけが自分の手の平で楽しむのは、今更ではあるがしょうもないプライドが邪魔してできなかった。

かといっても僕が今すぐ華穂を抱きたい衝動に駆られているかと言われるとそうではない。

このままずっと、阿藤先輩に貫かれる恋人を見つめていたかった。

「あっ、あっ、あっ、だめっ、来る……やだ……ちー君、見ないで……」

華穂の声が悲愴感と共に切迫感を帯びる。

絶頂が近いらしい。そしてその瞬間をどうしても僕には見られなくないという恥じらいを感じた。

「あっあっあっ、イクッ、イクッ♡」

しかしやはり、僕よりも余程猛々しい男根に責められ続ける華穂の清楚で無垢な膣口から目を離す事はできなかった。

華穂はできる限り小さな声で、しかし切羽詰まった様子で口にした。

「イクイクイクッ♡　ああぁっ、イック♡」

華穂の爪先がピンと伸びる。

太ももがブルブルと痙攣(けいれん)していた。

シーツを掴んだ手は助けを求めるようにシーツを手繰(たぐ)り寄せている。

そんな華穂に対して、阿藤先輩はあやすように穏やかな抜き差しを見せる。

「千草にアクメしたところ見られちゃったね」

「……やだ……見ないで……」

「もっともっとエッチな姿見てもらおうか？」

華穂は子供が駄々をこねるように首を横に振った。

「じゃあキスしても良い？」

「……駄目、です」

息も絶え絶えにそう言いながら首を横に向けた。その小さな仕草からも、確固たる拒絶の意志が明白だ。

華穂が唇だけは守ろうとしているのが伝わる。

「じゃあもっと気持ち良くさせちゃうよ？」

それでも華穂は唇を許そうとはしない。

まだ絶頂の余韻が残っているであろう華穂の身体を、筋骨隆々とした阿藤先輩が更に責め立てる。

あやすようなピストンが徐々にペースを上げていく。

男根が滑らかに出入りする度に、ぐっちょ、ぐっちょと一度達した陰唇が悦ぶように鳴いた。

「あっ、あっ、あっ、あっ、あっ……」

「ほら、キスさせてくれないと腰止めないよ？」

「やっ、あっ……あっいっ♡　だめっ、まだっ……」

「まだ何？」

「まだ……イってる……から……あっ、あっ、あっ♡」

この部屋やベッドの上だけでない。華穂の支配権まで完全に阿藤先輩が掌握していた。

「でも気持ち良いだろ？」

「……でも……でも……」

「もっと良くしてやるからな」

阿藤先輩は上半身を起こして、華穂の両膝を持った。そして予告も無しに、まるで掘削機のようなピストンを始めたのだ。

パンパンパンパンパンと乾いた音と同時に、ベッドの脚がギシギシと悲鳴を上げた。

「あっ、あっ、あっ、あっ、あっ、あっ、あっ♡」

華穂の声はもう我慢の限界といった様子で、聞いた事もないような甲高い声を上げる。

「待って、待って…………変になっちゃう……！」

「良いよ。彼氏の見てる前で変になっちゃいな」

「だめ、だめ……そんなの……あっい、激しっ……♡　あんっあんっあんっ♡」

僕は息をするのも忘れる程に、その光景にのめり込んでいた。

僕とは比べ物にならない阿藤先輩の力強いピストン。

そしてそれを受けて尚、僕を気遣おうとする華穂。

「違う、違うから……ちー君……違うから……」

何が違うのかその時の僕にはわからなかった。

しかしその言葉の真意はすぐ明らかになる。

「やっあっあっ、イクッ、イクッ、またイっちゃう……！」

華穂の声は先程よりも切迫感が遥かに増していた。

「出るっ……出ちゃうっ……！！！」

阿藤先輩が腰を持ち上げると結合を解除した。

僕の目には、野太い陰茎の形を刻み込まれてぱっくりと開いた膣口がまず映った。

ピンク色の綺麗な陰唇と膣壁がヒクついているのが良く見える。

そして次の瞬間、彼女の太ももの付け根がブルルと痙攣したかと思えば、彼女の陰部がプシュっと音を鳴らして潮を吹いた。

腰を微かに浮かせてぱっくりと開いた陰唇をヒクつかせながら、何度もぴゅっぴゅと透明の液体を撒(ま)き散らかす。

それらが作る染みは、僕が立っている場所の直前まで伸びてきた。ぴちゃぴちゃと床を濡らしていく。

「いやっ、いやっ……見ないでぇ……」

潮を噴きながら絞り出された華穂の声は、聞いてて胸が締め付けられる程に可哀想だった。

僕は耳を塞いでやりたかったが、全身がマヒしたように動かない。

ただの木偶の坊と化した僕は、恋人の懇願と潮吹きの音を聞き届ける事しかできない。

思わず華穂に謝罪しそうになったが、カラカラに乾いた喉からは何も言葉が発する事ができなかった。

阿藤先輩が僕を振り返って得意気に言う。

「よく見とけよ。本当は華穂ちゃんはこれくらい感じやすいんだから、お前もこれくらい気持ち良くさせてやらないと駄目なんだからな」

それは嫌味でもなんでもなく、先輩としての厚意としての言葉だった。

阿藤先輩は僕への助言を終えると、華穂の片脚を持ち上げて今度は側位で挿入した。

こんな体位、僕らは試した事もない。

ガツガツと腰を叩きつける阿藤先輩に対し、脳天まで痺れているであろう華穂はあられもない声を上げる。

「ひっ、いっ♡　いっ、いっ、いぃっ♡　これ、知らない……こんな風におちんちん当たるの、初めて……」

「おちんちんじゃないだろ。この前教えただろ。なんて言うんだっけ？」

今更恥じらう事も許さないとばかりに、阿藤先輩は華穂を激しく突き立てる。

「ち、ちんぽ……♡　こんな風に、おちんぽ当たるなんて、すごい……」

「すごい何？」

問い詰めながらも阿藤先輩のピストンは苛烈だった。

「あっ、あっ、あっ、あっ♡　す、すごい……いい、です……気持ち、いい……

…」

「ちんぽ気持ち良いって言ってみろ」

阿藤先輩は少し人が変わったような高圧的な言い方をする。

「やっ、あっ……言えない……そんなっ、あんっ、あんっ、あんっ♡」

「千草の前で言ってみろって」

「いや、いや……ちー君……聞かないで……お願い……」

華穂は涙を流しているようだった。

それでももう阿藤先輩のピストンに全てのヴェールを剥ぎ取られた華穂は、一人の女としての降伏宣言とばかりに言う。

「………ちんぽ、気持ち良い、です……」

「誰のちんぽだよ?」

「阿藤先輩の……太いちんぽ、すごい……」

阿藤先輩は満足したように持ち上げていた片脚を離すと、今度は華穂の身体をごろんと反転させてうつ伏せにさせた。

そして寝バックで挿入する。

その体位の変化は見事なまでに滑らかで、まるで踊っているようにも見えた。

「あいっ、いっ♡」

真後ろから見る寝バックの結合部は僕の心拍数を更に上昇させた。

男が覆い被さるように女に突き刺さっている。

ビキビキと音を立てて筋肉の塊と化した肉棒が、如何にも柔らかそうで清純な陰唇を押しのけて突き刺さっている。

「こういうの、千草にやってもらってんのか?」

華穂は黙って首を左右に振った。

「今度やってもらえよ」

阿藤先輩の口調はやはり加虐的でありながら、どこか先輩風を吹かしているようでもあった。

その阿藤先輩が腰を打ちおろす。

「あっ、あっ、あっ、あっ、あっ♡」

その度に華穂のきゅっと引き締まりつつも豊満な尻肉がたぷんたぷんと盛大に揺れた。

「これだとまた当たる場所が違うだろ？」

「違っ、う……おちんぽ、当たる位置が……はぁっ、あっ、あっあっあっ！」

華穂はもう自分が何を言っているのかもわからないような状況にまで追い込まれていた。

「寝バック好き？」

「わか、んない……」

「ほら、千草に教えてやれよ」

「いやっ……そんなの、あぁっ、あっあっ♡」

ズコズコと好き勝手に華穂の肉壺を愉しむと、阿藤先輩は首だけで振り返って僕に爽やかな笑顔を見せた。

「華穂ちゃん寝バック好きだってよ」

そしてまた華穂の後頭部を見下ろし、下腹部を擦りつけるように腰を振った。

「あっあっあっ♡　あぁっ、いいっ♡　いっ、いっ、それっ、頭、痺れるっ♡」

「ほら、こんなエロ可愛い声で鳴く」

「やっ、そんな声、出して……あっ、あんっ、はぁっ、あっ♡」

もう華穂の膣口は白く泡立った愛液でぐじゅぐじゅになっていた。

「イクッ、イクッ、イクッ……」

華穂の膝が曲がって、爪先を天井に向けて伸ばす。

「イックっ……♡」

全身を引きつらせるように小さな痙攣を見せる。

絶え間ない絶頂を与えられた華穂はもうすっかり全身を弛緩させてしまっていた。

ぐったりと横たわるその様子からは、四肢に全く力が籠っていない。ただ荒い呼吸によって肩だけが忙しなく上下していた。

阿藤先輩はそんな華穂の手を取って彼女の上半身を起こす。

「千草にも華穂ちゃんのエッチしている時の顔をもっとよく見てもらおうぜ」

そう言うと彼は華穂を自分の上に乗せて、背面騎乗位の体勢を取らせた。

華穂の身体は僕に対して向き合っていた。その裸体の全てが僕の視界で露わになる。彼女の顔や乳房、その他身体の節々には、フェラチオの時に掛けられていた精液がまだ色濃く残っていた。

幾度となく与えられる絶頂の中でも、歯を食いしばって少しでも僕に嬌声を聞かせまいと我慢していたのだろう。食いしばった口元からは涎(よだれ)が垂れていた。

彼女はすぐさま両腕で己の目元を隠した。

「……いやだ……ちー君……見ないで」

息を上がらせながら発せられたその言葉はとても弱々しい。

そう言うと阿藤先輩は華穂の腰をしっかりと持って、腰を上下に揺らす。

「そう言わずに彼氏にも見てもらおうぜ」

先程までは部分的にしか見えていなかった二人のセックスの全体像が視界に映る。

「あっ、あっ、あっ、あっ、あっ♡」

華穂の豊かな乳肉がぶるんぶるんと円を描くように派手に揺れた。

そしてなによりその蕩けた表情。目元は必死に隠しているが、口元だけでも彼女が僕では与えられない極上の快楽の中にいるのが丸わかりだ。

「やっ、あっ♡　ち－君、だめっ、あっあっ、違うのっ……ち－君より、気持ち良くなったりなんか、してないから……あぁっ、そこっ♡　あっ、嘘っ、あっあっあっ♡」

僕への配慮とは裏腹に、華穂の喘ぎ声はもうどうにも止まらなくなってしまっている。

僕の心臓は鷲掴みにされたようだった。

追い打ちを掛けるように阿藤先輩が言う。

「心配すんなよ千草。こう見えて華穂ちゃんの中、グネグネと締め付けてきてるからな」

不要な情報だ。

なのに僕はその一言で激しく興奮する。

華穂の膣壁が絡まるように阿藤先輩の男根を締め付けているのだという事実が僕の息遣いを荒くさせた。

「本当は千草にエッチな姿を見てもらいたかったんだよな？」

「そんな、わけ……ないです……」

「じゃあなんで華穂ちゃんのま○こ肉、こんなウネウネしてんの？」

「やだ……知らない……」

「すげえ気持ち良いよ」

「……い…………や……」

「お返しに華穂ちゃんの事も気持ち良くしてあげるからな」

阿藤先輩の突き上げが鋭くなる。

ズン、ズン、ズンと陰茎が遠慮なく華穂の膣を貫く。

「あっ、あっ、あっ、あっ♡」

「ほら、もっと千草にトロトロの顔を見てもらおうか」

「やっ、あ……♡」

「『もっと見て』って言ってみな」

「無理、いや、見ないで……ちー君、お願い……」

華穂は目尻に涙を浮かべながら首をブンブンと左右に振る。

そんな彼女の恥じらいを、阿藤先輩は鼻で笑うと更にピストンのペースを上げるのであった。

「あっあっあっあっあっあっあっ♡」

「気持ち良いんだろ?」

「やっあっ、痺れる……♡」

「どこが？」

「……頭と…………おま○こ」

「千草に教えてやんな。太いので奥まで突かれるのが好きだって」

必死に目元を隠そうとする華穂と微かに視線が合う。

華穂は瞳を細めて、心苦しそうな表情で僕を見ていた。

僕は生唾を呑み込むと、なけなしの勇気を振り絞って華穂に問う。

「……華穂……気持ち良いかい？」

震えた声だった。

華穂は悲しそうな顔のまま、健気にも首を左右に振った。

その間も本気汁を纏った陰茎が、ぐちょぐちょと卑猥な音を鳴らして彼女の秘裂を突き刺していた。

そして大きな乳房を派手に揺らしてもいた。

僕の問いかけの直後、彼女は電流が走ったように身体を仰け反らせた。

「…………っクゥ♡」

そしてビクンビクンと全身を痙攣させる。

「へへ。わかるか千草。今イったぜ。華穂ちゃん」

華穂はもう一度両腕で視線を隠すとか細い声で呟いた。

「……ごめんなさい……ごめんなさい」

謝る必要なんてないいんだって事を僕は伝えたかった。

しかしもう彼女の耳には僕の声なんて届かないように思えた。

射精が近づいたのか、阿藤先輩のピストンがより性急さを増したのだ。

それに伴って華穂は絶叫するように喘ぐ事しかできなくなっていた。

「あっ、あっ、あっ、あっ、あっ、あっ、あっ♡」

「おら、イクぞ。一緒にイクぞ」

「あっ、いっいっ♡　イクッ、イクッ、イクイクイクッ♡」

華穂の本意がどうであれ、もはや彼女の身体は阿藤先輩に悦ばされる事を受け入れてしまっていた。

「……先輩のちんぽで、またイっちゃうっ♡」

そう叫ぶと、もう顔を隠す余裕もなくなったのか、全てを僕に曝け出しながら大きな絶頂に身を委ねた。

「あああぁぁっ♡」

ビクンビクンと激しい痙攣と共に、再び陰部から潮を噴いた。

同時に阿藤先輩も達したようだった。

「うっ」

小さく短い呻き声を上げると腰を静止させた。

彼女の根本まで刺さった陰茎が、ドクドクと射精しているのが聞こえてくるようだった。

華穂と阿藤先輩が生み出す熱気は凄まじく、二人とも全身にびっしょりと汗を掻いて軽く湯気が立つほどだった。

結合部からはちょろちょろと失禁めいた潮を吹き続けている。

「いっ、ひぃ……ひぃ、ひぃ…………」

華穂は歯を食いしばってなにかを耐えていた。

僕には彼女がどれだけの刺激の中に身を置いているのか、想像する事すらできないままでいた。

射精しながら阿藤先輩が満足そうに言う。

「ちゃんと千草に気持ち良くなったところを見てもらえたな」

その声が華穂に届いているかどうかは怪しい。

華穂は朧気な声で呟きを繰り返していた。

「……お願い……見ないで」

射精中の雄々しい男根に貫かれながら、ビクビクと全身を雌の悦びで震わせている姿を晒している。

そんな華穂は僕の目にはとても美しく、そして可憐に映った。

そうやって彼女に声を掛けてやるべきだったのかもしれない。

しかし僕はただ芸術作品に目を奪われるように華穂を眺め続けていた。

漸く阿藤先輩が華穂を自由にさせる。

華穂はぐったりと全身を弛緩させてベッドに横たわった。そんな彼女に阿藤先輩は額の汗を拭いながら声を掛ける。

「掃除フェラの練習もしてみよっか？」

そう言いながらゴムを外す。先端にたっぷりと精液が溜まったゴムを括りながら、まだ勃起が収まらない陰茎を誇示する。

「ほら」

華穂の腕を引いて顔を股間に持っていこうとする。

もう手足に幾許の力も入っていなさそうな華穂はまるで人形のように扱われる。

しかしそんな状態でも、華穂は緩慢にではあるが首を横に振って拒絶の意志を示した。

「……そんな事、できません……」

　精液がべっとりと纏わりついた陰茎を、舌で舐めて綺麗にしろという要求。身体はすっかり阿藤先輩の雌にされた後でも、心は僕にあると言わんばかりに撥ね付けてくれた。

「千草の前で掃除フェラは恥ずかしい？」

　阿藤先輩がくすくすと笑いながら尋ねる。

「……無理です」

　華穂はただそう答えただけだった。

「ここまで千草に見られてるのに、恥ずかしがり屋だなぁ華穂ちゃんは」

　そう言いながら阿藤先輩は自分で陰茎をティッシュで拭く。

　そしてやはり自分でコンドームを再装着すると、もう一度華穂の手を引っ張って自分の上に覆い被らせた。

　華穂は力無くされるがままにされ、阿藤先輩の巨躯の上に腹ばいで寝るような格好になった。

「本当は騎乗位で腰振って欲しかったけど、そんな元気はなさそうか」

仰向けで寝そべった阿藤先輩に華穂が抱き着くような形での騎乗位となる。

その状態で挿入すると、阿藤先輩は両手で華穂の桃尻を鷲掴みにした。

芳醇な尻肉を貪るように握る。指先がぷりんと柔らかそうに盛り上がった尻肉に食い込んだ。豊満な乳房も、阿藤先輩のラグビーで鍛え上げられた胸板に密着してむにゅりと潰れている。

ガツガツと腰を突き上げると、華穂の喉から苦しそうな嬌声がひり出される。

「あいっ、いっ、いっ♡」

僕が止めに入れないのは、その声がただの苦痛ではなく、それ以上の快楽に満たされているのは明らかだったからだ。

華穂と阿藤先輩の顔の位置が近くにある。互いの吐息が直接ぶつかりあう距離。

「華穂ちゃん可愛いね。キスして良い？」

「あっ、あっ、はぁっ、あっ♡」

華穂は甘くも甲高く喘ぎながら、それでも首を横に振っていた。

「キスは千草とだけ？」

今度は小さく頷く。

それを見届けると、阿藤先輩はむしろ嬉しそうにピストンを激しくさせた。

「いっ、いぃっ♡　あぁっ、すごっ、あっあっ、なんでっ、すごく、硬いっ♡」

「華穂ちゃんの身体がエッチだからだよ。千草も一回したくらいじゃ収まらないだろ？」

華穂はそれに対しては答えなかった。

僕は連続で華穂を抱いた事なんてなかったから。

「やぁっ、あっあっ♡　おちんぽっ、カチカチ♡」

「華穂ちゃんなら一晩中ガッチガチのままお相手できるよ？」

「そ、そんなの、結構です……」

華穂は息も絶え絶えにそう言う。

それにしてもとやはり思う。こんな会話でも、二人の距離感が縮まっているのを如実に感じる。

肌を重ねるのも三度目となれば、交わるのは身体だけではないという事なのだろうか。

阿藤先輩が華穂の膣壺をガシガシと陰茎で擦り上げる様は、どこか気さくな雰囲気すら感じる。

華穂にしても最初の頃のような嫌悪感はもう纏っていないように見えた。

僕はそんな二人にハラハラと危機感を募らせる。

この二人をこのまま繋げておいて良いのだろうか。

無理矢理にでも引き離して、華穂を抱きしめないといけないのではないか。

このプレイを始めてから何度となく頭に浮かぶ葛藤。

「華穂ちゃん。千草見てみ。すげえ興奮してるから」

「……や……」

華穂は阿藤先輩の上半身をベッドに見立て、腹ばいで寝そべったまま こちらを見ようとはしない。

「勃起してるぜ勃起。華穂ちゃんが俺とエッチしてる姿見て、すげえギンギンになってる」

華穂は何も言わない。

「千草だけ気持ち良くなれなくて可哀想だよな？」

阿藤先輩が華穂の耳元で諭すように言う。

「ほら、千草にシコっていいよって言ってやりな。俺にズコバコ突かれまくってるおま○こオカズにしてオナって良いよって」

華穂はいやいやと頭を振った。

しかし何度も達した陰唇はもう目が眩む程にいやらしくほぐれて、尚且つ濡れそぼっていた。

肉棒を咥えた膣と桃尻は僕の劣情をあまりに煽りすぎる。

情けない話だが、僕は泣きそうな声で華穂にお願いした。

「……華穂……オナニーしていいか？」

阿藤先輩が愉快そうにくつくつと笑う。

「ほら。ああ言ってるぜ」

そして華穂に何やら耳打ちをする。

華穂は戸惑っていた。しかし阿藤先輩がその背中を押す。

「華穂ちゃんだけ気持ち良くなってちゃ不平等だろ？　ちゃんと彼氏と一緒に気持ち良くならないと」

そう言われると華穂は躊躇いを見せながらも、阿藤先輩にアドバイスされたであろう行動に出た。

両手を臀部に当てて、結合部がより鮮明に見えるよう左右に開いてみせた。色素の沈着と皺一つない肛門も丸見えだ。

そしてか弱い声で言う。

「……阿藤先輩の太いおちんぽで……エッチになってる私のぐちょぐちょおま○こ……オカズにしてシコシコして良いよ……」

僕はもう堪らずジーンズを下ろして、先走り汁が垂れた陰茎を取り出すと猿のように自らを慰めた。

「……華穂……華穂……」

僕が盛り上がるのと同時に、阿藤先輩のピストンも強まる。

「あっ、あっ、あっ、あっ、あっ♡」

目の前でじゅぽじゅぽと音を立てて突き上げる肉棒と、それに押し広げられる陰唇を眺めながら僕は射精した。

精液は華穂の臀部に飛び散っていった。

しかし華穂はそれに気付いた様子もなく、ひたすら阿藤先輩の突き上げに応じて切羽詰まった嬌声を上げるだけだった。

「あっ、あっ、あっ♡　熱いっ♡」

その一言は僕の精液について言及してくれたのかと思った。

しかし次の瞬間、僕の勘違いだったと思い知らされる。

「ちんぽ、熱いっ♡」

僕は絶望と敗北感で膝が折れそうになった。

それでもなんとか気を持ち直して、無様(ぶざま)にもティッシュで陰茎を拭くとジーンズを持ち上げた。

阿藤先輩の体力と精力は底なしなのか、汗だくになりながらもフンフンと鼻息を荒くしながら華穂を責め立てる。

「ほら、彼氏が射精したんだから、俺のちんこばっかに集中してちゃ駄目じゃん」

「あっあっ♡　だ、だって……わかんなっ、あっいっ、いいっ、そこっ、あぁっ♡」

「華穂ちゃんが良ければこのまま一晩中だってセックスできるよ？」

「や、だ……壊れる……おま○こ、壊れちゃう……頭も、わけわかんなくなっちゃい……ます……」

「大丈夫。優しくするから。千草に聞いても良い？」

そして阿藤先輩が僕に尋ねる。

「なぁ。このまま華穂ちゃんとオールナイトでセックスしまくっちゃっていいか？」

グロッキー状態の僕は自分の心に問いかける。

もう一人の自分は駄目だと言っている。

華穂の背中も助けを求めているように見えた。

もうこんな事は十分だ。

華穂の手を握ってこの場から逃げ出そう。

しかし心の更に奥の方から声が聞こえる。

『もっと見たいだろう？』

『華穂が他の男の腕の中で喘ぐ姿をもっと見たいだろう？』

『こんなものじゃ満足できないはずだ』

悪魔のような甘言。

僕は震える声で言った。

「か、華穂…………僕は近所のネカフェにいるから」

その声が届いているかどうかわからない程に、華穂は淫らに喘ぐ。

「あんっ、あんっ、あんっ、あんっ♡」

「……終わったら……連絡して…………待ってるから」

華穂は相変わらず僕の声が聞こえているのかどうかわからない程に、阿藤先輩の獣じみたセックスで鳴かされていた。

「やっ、あっ、頭、ジンジンするっ♡　ちんぽ、奥まで刺さると、痺れるっ♡」

僕はまるでゾンビのような足取りで後ずさりながら、そして自分の部屋を後にした。

外に出るとひんやりとした夜の空気が僕を包み込む。心身共に異様な熱気が籠っている事をそこで自覚した。

息苦しい。もう嫌だ。こんな思いをするのなんかうんざりだ。

心からそう思っているのに、理性とは矛盾するように僕の心と身体は興奮していた。

僕は部屋から出ると一歩も動く事などできずにその場に座り込んでしまう。まるで一回目のプレイの時と同じだ。

扉に背を預けてその場に腰を下ろす。

頭を焼き尽くすような刺激と、自己嫌悪が天秤で揺れる。

結論は決まっている。

もうこんな事は止めよう。

華穂は僕の性的欲求を満たす為の玩具などではないのだ。

そのままどれだけの時間蹲(うずくま)っていたのだろう。

気が付くと阿藤先輩からメッセージが送られてきていた。

『駅弁したら華穂ちゃんの声デカくなったぞ。お気に入りの体位っぽいからお前もやってやれよ（笑）』

ラグビーで鍛えられた阿藤先輩なら華穂の身体を持ち上げる事なんて余裕だろう。

しかし僕にはきっとそんな事はできやしない。

劣等感に苛まれる。

始末に悪いのは、その感情すら僕の興奮を誘うという事だ。

結局その日は華穂が気を失うまで阿藤先輩が彼女を抱いた。

僕が部屋に戻ると華穂は潮と愛液で濡れたベッドの上で、泥のように眠っていた。

その可憐な顔には新鮮な精液が飛散していた。改めて顔に掛けられたのだろう。

阿藤先輩が帰って行く時に声を掛けられる。

「どれだけアへっても、キスだけは拒まれたぜ。愛されてんな」

それだけが救いだった。

僕は華穂の身体を拭いて裸体に布団を掛けた。そしてその寝顔をずっと眺め続ける。

途中で一度目を覚ました華穂は、寄り添っていた僕の手を握った。そしてそのまま安心したかのように再び眠りに陥った。余程疲れたのだろう。

「……ごめんな。こんな事に付き合わせて」

僕はそう呟きながら、彼女の前髪をそっと整えた。

明日の朝、華穂には改めて謝罪しよう。

今までの事を全て。僕が馬鹿だったと。

そしてまた日常に戻ろう。
退屈でも良いじゃないか。僕には華穂がいる。大事な大事な彼女。
しかし次の日の朝、目が覚めたら華穂の姿は既になかった。書置きの一つも残さずに。

第四話　副作用

隣で寝ていたはずの華穂が、朝目覚めた時にいない。

それだけで僕の心にはぽっかりと穴が開いたような喪失感があった。

なにか忘れ物でもあったのだろうか。僕は支度を整えると駅へと向かった。いつものように電車の中で会えるだろう。

そう思っていたのだが、いつも華穂が乗り込んでくる駅に到着しても華穂の姿はなかった。

体調でも崩したのかもしれない。昨晩は気を失うまで激しく阿藤先輩に抱かれていたのだ。

漸くその考えに至ると僕は彼女にメッセージを送った。しかし返事はとんと返ってこない。

そうこうする内に電車は大学の最寄り駅に到着する。

仕方がないので僕は一人で大学へと向かった。

よくよく考えると、この長い坂を一人で登ったのは入学以来初めてかもしれない。

いつも隣には華穂がいてくれた。変わらぬ笑顔と温かい物腰で。

大学に到着しても返事がこないものだから、僕はいよいよ本気で心配しだした。

一旦戻って、華穂のアパートに向かおうか。そう思っていた矢先だった。

キャンパスで華穂の姿を見かける。友人と一緒に講義へと向かっているようだった。

僕はほっと胸を撫で下ろして、自分の講義が開かれる講堂へと向かった。

しかし講義が始まると教授の言葉そっちのけで、僕の頭はとある疑念に駆られる事となる。

どうして一人で登校したのか。メッセージの返事がないのか。

答えはすんなりと導かれた。

僕に対して怒っているのだ。

僕は頭を抱え込んだ。

彼女と交際を続けて四捨五入すれば十年にも及ぶ時間。僕達は喧嘩というものを経験した事がなかった。

僕達の間には常に平穏な日常が流れており、どんな小さな不満を持った事もない。

当然そこに諍（いさか）いが発生する事はなかった。

僕は確かに退屈な毎日を忌み嫌っていたが、こんなアクシデントはごめんである。

だから『寝取らせプレイ』に関しても、念入りに華穂の意思を尊重した。

しかしどれだけ口では承諾してくれていたとしても、やはり嫌なものは嫌だったのかもしれない。

華穂は自己主張に乏しい女の子だ。

彼女の事ならなんでも理解しているなどと、僕は傲慢になってしまっていたのかもしれない。

大きな不安と後悔が僕に覆い被さる。

いや待て、流石に一人で先走りすぎではないか。

たまたま華穂が僕を置いて一人で登校して、メッセージを見逃しただけなんじゃないか。

僕はいてもたってもいられなくなり、講義中はずっと貧乏ゆすりをしていた。

講義が終わると華穂を探しに行く。

お互いの講義のスケジュールは把握しているので、行動経路は予測がつく。

幸い華穂はすぐに見つかった。幸運に幸運が重なり彼女は一人きりだった。声も掛けやすい。

僕は華穂の横から近づき、不安と緊張を押し殺しながら話し掛けた。

「お、おはよー華穂。今朝はどうしたんだよ。いきなり部屋から消えてさ。メッセージも返ってこないし」

華穂は僕から声を掛けられた事を認識すると、そっと顔を伏せて足を止めずにそのまま足早に去って行ってしまった。僕は黙ってその背中を見送る事しかできなかった。

昼休み。UMA研究会の部室へと赴く。

僕を除いて唯一の部員である阿藤先輩が、焼きそばパンを齧り(かじ)ながらゴシップ雑誌を読んでいた。

「よお」

何事もなかったかのように声を掛けてくる。

「昨日はあれからどうだった？　二人でイチャつけたか？」

「……それどころじゃないですよ」

僕は長机の一角に腰を下ろすとため息をついた。そして朝から今に至る事の顛末(てんまつ)を彼に話した。

「……マジかよ。じゃあ昨日の事でなにかあったのかな？」

「……かもしれません」

「俺なんかしちゃったかな。確かに気を失うまで腰振っちゃったけど。でもそれなら怒りの矛先は俺に来るよな」

僕は顔を両手で覆って、益々大きなため息をついた。

「……本当はずっと嫌だったのかもしれません。それで積もり積もった不満が爆発したのかも」

「とりあえず電話してみたらどうだ？」

「……そうですね」

とはいえ期待は薄いだろう。直接顔を合わせてけんもほろろな対応だったのだ。電話に出てくれるとは到底思えない。

僕の予想通り、華穂は僕からの電話に応じる事はなかった。

僕のため息と同時に、部室に静寂が訪れる。

いつもは豪放な阿藤先輩も、腕を組んでどこか神妙な面持ちだ。

「よしわかった。俺が華穂ちゃんから話を聞いてやるよ」

「え？　良いんですか？」

「そりゃまぁ俺も当事者だし。俺の所為でお前らが不仲になったらなんか責任感じるじゃん」

「……すいません。よろしくお願いします」

「可愛い後輩達の為だ。任せとけって。で、華穂ちゃんの連絡先は？」

「…………え？　知らないんですか？」

「知らんよ」

それもそうだ。元々阿藤先輩にとって華穂とは、サークルの後輩の彼女という近いようで遠い存在なのだ。ここ最近は当たり前のようにセックスをしている間柄だから、僕も二人の距離感を錯覚してしまっていた。

僕が華穂の電話番号を教えると、彼は一度咳払いをしてから早速電話を掛けてくれた。

コールが数度鳴った後、華穂が電話に出る。

「あ、もしもし？　俺俺。阿藤だけど」

当然華穂の声は僕には聞こえない。ただ黙って祈りながら、阿藤先輩とのやり取りを聞き届けていた。

「なんか千草がさ、華穂ちゃんに避けられてるみたいって……そうそう……うんうん……ほら、俺も無関係じゃないからさ。なんか責任感じちゃって…………うん、うん……成程、わかった。じゃあ今日学校終わったら俺のアパートに来る？　一回腹を割って話そうや。それで華穂ちゃんの気も晴れるかもしれないしさ。住所は……」

なんだかトントン拍子に話は進んでいるみたいだった。

「それじゃまた後で」

阿藤先輩が電話を切ると僕は食い入るように問い詰めた。

「か、華穂はなんて？」

阿藤先輩は仰け反りながら苦笑いを浮かべる。

「そんな顔近づけんなよ。華穂ちゃんも別に怒ってるとかそういうわけじゃないって言ってたぞ。でも今は上手く言葉にできないんだとよ」

「怒ってはないんですか？」

「ああ。プレイに関しては自分が承諾した事なんだからって」

「じゃあ一体なんで僕の事を避けるんでしょう……」

「だからその辺は一言じゃ言えない複雑な感情があるんだろ。まぁ俺に任せとけよ」

今は阿藤先輩に頼るしかない。人脈が豊富な彼なら、こういう人付き合いの問題も数多く接してきただろう。

しかしこれはやはり僕の問題だ。彼だけに任せっきりなのは気が引ける。

なにより華穂の気持ちが気になって仕方がない。

「……あの、阿藤先輩。一つお願いがあるんですけど……」

その日の講義が終わると僕と阿藤先輩は一足先に阿藤先輩のアパートへと向かった。僕と華穂が住む地域とは大学を挟んで真逆に位置している。大学からは歩いて十五分といったところだ。

何の変哲もないアパートである。間取りなんかも僕や華穂が住んでいるところと大差はない。

僕は何度か遊びに来た事があるが、相変わらず少々雑然としている。足の踏み場がないとまでは言わないが、まぁ平均的な男子学生の一人暮らしといった様相だ。僕はどちらかといえば綺麗好きなので、いつもなら勝手に片付けを始めるのだが今日はそんな心の余裕はなかった。

部屋がそんなだから、襖の奥の押し入れもモノで溢れていた。しかし人が一人入れるくらいのスペースは確保できた。

「絶対に物音は立てるなよ」

「わかってます」

僕は押し入れの中に隠れると息を殺した。これが僕の頼み事。

盗み聞きなんて最低の行為だと思ったけれど、どうしても華穂の生の感情をすぐ傍で聞き届けたかったのだ。

僕は華穂の優しさにつけこんでずっとワガママを押し付けていた。

どれだけ彼女を傷つけていたのだろうか。

それをこの耳でちゃんと確認したかったのだ。

そして程なくしてインターホンが鳴る。

「……お邪魔します」

華穂の声だ。

華穂が初めて阿藤先輩の部屋に足を踏み入れた。

僕は押し入れの中で全身を強張らせた。指先一つ動かさないように意識する。

「急に悪かったな」

「……いえ」

華穂の声は弱々しい。それは初めて入る部屋に緊張しているわけではなさそうだった。

「どっこいせっと。華穂ちゃんも適当な場所に座ってよ」

阿藤先輩に促されるまま、華穂は手近にあったクッションに腰を下ろした。阿藤先輩はその対面に座る。

「で？　どうして千草を避けてんの？　やっぱりなんか怒ってんじゃないのか？」

「………………」

華穂は黙ったままだ。

部屋の中は時計の針が時間を刻む音しか聞こえない。

阿藤先輩は業を煮やしたように立ち上がると、冷蔵庫からなにかを持ってきて華穂に手渡したようだ。

「ま、素面じゃ話しづらい事もあるよな」

そう言いながらまず自分の缶を勢い良く開けて小気味良い音を鳴り響かせた。そして豪快に一気飲みする。

それに釣られてかどうかはわからないが、華穂もちょびちょびと酒に口をつけ始めたようだった。

無言の酒宴が続く。

僕だけが渇いた喉を生唾で湿らせていた。

どれほどの時間が経っただろうか。華穂の重い口が漸く開く。

「…………怒ってるっていうか、悲しい事があったのも事実です」

「というと？」

「昨晩、私は何度もちー君に連れ出して欲しいと願ってました。でもその気持ちは伝わっていなかったのかなって……」

僕はそれを重々承知していた。その上で自分の欲求を優先してしまったのだ。やはり華穂が納得するまで頭を下げ続けよう。額を地面に擦り続けて許しを乞おう。

そう思っていたら、華穂は意外な言葉を続ける。

「……でもそれが今日、ちー君を避けた理由じゃないです」

アルコールの力も手伝ってか、普段よりも饒舌になっているような気がした。

僕はどうしても華穂の表情を窺いたくて、押し入れの襖を小指の先でそっと開いた。

ちんまりと肩を落として座る華穂の顔つきはまるで罪人のようだった。どんよりと肩を落としている。

「じゃあなんで？」

阿藤先輩の問いかけに華穂はまた口を閉ざしてしまう。

ちくたく、ちくたくと時計の音が五月蠅く感じる。

華穂は吹っ切れたように両手で持った缶チューハイをグイっとあおった。

そして罪を告白するように言う。

「……ちー君に、申し訳なかったんです」

阿藤先輩がわけもわからぬといった様子で問う。

「何が？　華穂ちゃんは無理矢理付き合わされてたんだから、何も気に病む事はないだろう」

「…………………です」

僕の言葉をそのまま阿藤先輩が代弁してくれた。

酒で頬が朱色に染まった華穂は俯いて、益々心許なさそうに呟いた。

「え？」

「…………気持ち良かったんです」

「俺とのセックスが？」

華穂は黙って頷く。

今度は一瞬阿藤先輩が言葉に詰まる。

「……いやまぁ、でもそれは仕方ないんじゃないか？　俺がそうなるように頑張ったわけだし。むしろ全然気持ち良くないなんて言われたら……なぁ？」

ははは、と阿藤先輩は苦笑する。

華穂は黙って首を横に振る。

「……本気で気持ち良いと思ってしまったんです……それだけじゃありません……あの時私は……私は……」

華穂は手中にある缶チューハイをぎゅっと握った。

「……また先輩に抱かれる事を期待してしまっていたんです。これからもこのプレイが続けば良い……そんなはしたない事を考えてしまってました」

阿藤先輩は黙って話を聞く。僕も痛む胸を手で押さえつけながら耳を澄ましていた。

「……そんな私が、どんな顔でちー君に会えば良いのかわからなくて……だから逃げたんです」

華穂の告白は勿論僕にとってショックなものだった。

あくまでプレイとしてではあるが、華穂が他の男とのセックスを望むようになってしまった。

しかしそんなショックよりも、やはり僕は華穂にそんな罪悪感を背負わせてしまった事に動揺してしまった。

なにより度し難いのは、そんな華穂に興奮してしまっていたのだ。

阿藤先輩のセックスをひっそりと期待する華穂を考えると、勃起が収まらなくなってしまっていた。

そんな劣情に駆られた僕の視線を、阿藤先輩だけが気付いていた。

阿藤先輩は僕の意を酌むと、やれやれと肩を竦めた。そしてすすすと自然に華穂の隣に位置を変える。

そして華穂の手を取り、如何にも説得力のありそうな声色で言った。

「わかった。じゃあこうしよう。俺がもう華穂ちゃんの中から、俺の記憶を消してやるよ」

「……それってどういう……」

阿藤先輩が華穂をゆっくりと押し倒しながら言う。

「もう俺とのセックスなんて飽き飽きだっていうくらい、抱いてやるって言ってんの」

華穂は抵抗しない。申し訳程度に両手で阿藤先輩の胸板を押していたが、その腕には何の力も籠っていないのは明らかだった。

「大丈夫。千草にも絶対言わない。だから今からのセックスで、もう俺の事は忘れろ。な？」

「……忘れられるでしょうか」

「忘れさせてやるよ。全力でな」

阿藤先輩が華穂のお気に入りのワンピースを脱がしていく。

僕はそれを押し入れから黙って見ていた。

本来ならばこの場から飛び出て、阿藤先輩を殴り飛ばし、華穂を奪い返すべきなのだろう。

しかし僕は食い入るように、阿藤先輩と華穂がお互いの衣服を脱がし合う様子を見つめていた。

やがて全裸となった二人がベッドに移る。

阿藤先輩は華穂を仰向けに寝させると、その股間に顔を埋めてクンニを始めた。

「やっ、あぁ……」

華穂は早速蕩けた声を出す。

僕の心臓は既に爆ぜてしまいそうな程にバクバクと五月蝿い。

これは僕や阿藤先輩にとってはプレイの延長と言えるかもしれない。

しかし華穂にとってはそうではない。

単なる背信行為と言えなくもない。

しかしそれが僕にとっては昂りだけを与えてくれる。

怒りや失望など皆無だった。

裏切られたとも思わない。

華穂の両手がそっと阿藤先輩の後頭部に添えられる。

「はぁ、はぁ……あぁ……先輩……」

なにかをねだるかのように甘い声。

その意図を汲みとった阿藤先輩は、顔を上げるとベッド脇に手を伸ばした。コンドームを装着すると正常位の体勢に入る。

華穂の両脚を広げてその間に腰を下ろすと、勃起した陰茎が華穂の局部にあてがわれる。

その際、阿藤先輩は一度だけ僕の方を振り返った。

『本当に良いんだな？』

無言の視線でそう問いかけてきた。

僕は返事の代わりに、ただ黙って二人の結合を見届ける。

押し入れの中で音を出さないように下半身を露出して、いきり立った陰茎を握った。

阿藤先輩が腰を押し込もうとすると、華穂の両手が未練がましく彼の胸を押し返そうとする。

そのか弱い手には、まだ引き返そうとする意志が見て取れた。

罪悪感に塗れた手。

もう少し待てば、華穂はこう口にするかもしれない。

『……やっぱり帰ります』

しかしそれを制するように、阿藤先輩は強引に腰を押し付けた。

にゅるん、と挿入の音が控えめに鳴る。

「あぁっ……！」

華穂の背中が微かに反り返り、そして艶やかな吐息を漏らしてみせた。

阿藤先輩の胸板に添えていた両手は彼の肩へと移動する。その所作は図太い剛直を挿入され、全ての抵抗を諦めたかのようだった。

阿藤先輩の背中が、カーテンから漏れる夕暮れのオレンジ色で染まる。

暫く挿入の余韻に浸るかのように二人は動かない。

華穂にとって、初めての浮気。

僕はそんな彼女を見つめながら、声を殺して陰茎を擦り出した。

ベッドの上の二人はまだ動かない。

「千草に悪いと思ってる？」

華穂は小さく頷いた。その表情までは捕捉できない。

「元々あいつが悪いんだから気にしなくて良いよ。華穂ちゃんを売るような事をしたから」

華穂は今度は僕を庇うように首を横に振った。

しかし阿藤先輩を振りほどく事もしなかった。

肩に添えていた手は、指を折り曲げてその僕とは違う屈強な肩を握りしめた。

「来て欲しい？」

「…………わかりません」

「華穂ちゃんから言って。じゃないと動かないよ」

華穂の眉が八の字になり、下唇をきゅっと噛んだのがわかった。

そして華穂は確認を取るように言う。

「……あの…………一番好きなのは、ちー君ですから……」

「わかってるよ」

そして会話が途切れる。

ちくたく、ちくたく。

肩を掴む指に、ぎゅっと力が籠った。

「………………来て、ください」

華穂が発したその虫の羽音よりもか細い声が、僕の脳内を爆発させた。

待ってましたと言わんばかりに阿藤先輩が腰を振る。

「あっ、あっ、あっ、あっ、あっ……♡」

使い込まれたベッドが軋みを上げる。

「あぁっ、いいいっ、あっあっいっ♡」

華穂が、阿藤先輩を望んだ。

「……先輩……太い……♡」

切なそうにそう言うと、両腕をぎゅっと阿藤先輩の首に巻きつかせる。

そして息苦しそうに言葉を続ける。

「先輩の……すごく太いんです……」

その間もギシギシとベッドは揺れ続けていた。

「……ちー君のよりも……ずっと……」

華穂の声は泣きそうにも聞こえた。

それでも阿藤先輩がピストンの速度を上げると、彼女は高らかな声で喘いだ。

「あんっ、あんっ、あんっ、あんっ♡」

阿藤先輩の腰遣いに合わせて、華穂の宙に浮いた爪先がぶらぶらと揺れる。

「先輩……先輩……♡」

「どうして欲しいか言ってみな」

「…………もっと……もっとください…………先輩の大きくて強いちんぽで、もっと突いてください……」

どこか悲痛さを伴ってもいたそのおねだりに阿藤先輩は応える。

「あっあっあっあっあっあっ♡　すごっ、激しっ♡」

阿藤先輩は息を切らしながら言う。

「彼氏はこんなセックスしてくんないか？　なぁ？」

「やだ……言わないで……今は……」

「言え！　彼氏とどう違うか言え！」

阿藤先輩はまるで尋問するかのような厳しい口調と、そしてベッドごと部屋まで揺らすような激しいピストンを見せる。

「あっ、あっ、あっん♡　ちー君と、全然違い、ます……ちー君より、強い……あぁっ、いっあっ、いっ、いっ、いぃっ♡」

「何がだ？」

「ち、ちんぽ……おちんぽが、強い、です……あんっあんっあんっ♡……こ、こんなセックス……私、知らない……ちー君は、こんな風には……あぁっ、あっあっあっ♡

すごいっ、ちんぽっ、気持ち良い、です……」

華穂は堰を切ったように、自分の中で沈殿していたであろう想いを吐露した。

ずっと一人で抱え込んでいたのだろう。

誰にも知られてはならないと、気持ちの瓶に強く強く蓋をしていたのだろう。

それが一斉に溢れだす。

両手足を使って阿藤先輩の僕より広くゴツゴツした背中に、しがみつくような抱擁を見せる。

「先輩っ♡　私っ、私……おかしくなりそう……先輩の大きいちんぽ、初めて入ってきた時から、ずっとおかしくなりそうだった……♡」

華穂は罪の告白を重ねると同時に、両手足に力がどんどん籠っていっているようだった。その小さく細い指が、阿藤先輩の背中を掻きむしるように立つ。

「先輩のおちんぽでおま○こされる度に……もうわけがわからなくなっちゃって……ちー君の事を考えないといけないってずっと思ってるのに……でも……でも……あぁっ、あっあっあっ♡　このちんぽでっ、いつも溶けちゃいそうになって♡」

「太いのが好きなんだろ？　最初からキュンキュンって疼いてま○こが絡みついてきてたもんな？」

華穂は阿藤先輩に抱き着きながら首を縦に振る。

「……好きっ♡　好きっ♡　この大きくて、ゴツゴツしたちんぽ、好きっ♡　こんな硬いちんぽ、私、知りません…………………あっ、あっ、あっ、やっ、本当に、気持ち良いっ♡」

押し入れの中で一人手淫を続ける僕の手の中で屹立する男根は、きっと今までで一番と言っていい程の硬度を誇っていた。

まるで熱した鉄の棒のようになっている。

いつもこんな男性器で華穂を愛していたならば、華穂にあんな事を言わさずに済んだかもしれない。

腰を振りながら阿藤先輩は言う。

「今日は一晩中抱いてやるからな」

その一言だけで、華穂の全身がビクビクっと震えた。

そしてより深い結合と密着を求めるように、きつく彼の身体を抱きしめる。

「……はい……それで、もう先輩の事、忘れさせてください……もう、ちー君以外の男の人の夢を見るような事は……無くさせてください」

「俺に抱かれる夢を見たのか？」

華穂は答えない。

「どうなんだ？」

しかし阿藤先輩が少し強めの口調で問い質すと、華穂は心苦しそうに頷いた。

そこから二人の交接はひたすらに苛烈を極めた。

休憩もなく、水分補給もせず、お互いの身体を貪りあうように肌をぶつけあった。

「あっ、あっ、あっ、あっ、あっ♡　先輩っ♡　先輩っ♡」

「すごいっ♡　腰、止まんないっ♡」

「あっ、イク♡　あっ、イク♡　イクイクイクッ♡」

「先輩も、イって……あぁ、ちんぽ、膨らんで……あぁ、来て……射精ちんぽ、パンパンに膨らんで気持ち良いっ♡　あぁ、いいっ♡　いいっ♡　あっ、イクっ♡」

阿藤先輩が達すると、華穂は自らコンドームを交換した。そしてその際に、この前は渋っていた掃除フェラをしてみせた。

阿藤先輩に促されるでもなく自発的に射精した男根に舌を這わせて、そして咥えてじゅぽじゅぽと音を鳴らして次の勃起を誘う。

すっかり屹立した陰茎は華穂の唾液でたっぷりと濡れていた。

「上手いじゃん」

阿藤先輩にそう褒められて、華穂は気恥ずかしそうに俯く。

そんな彼女を今度はバックから突こうとするが、華穂はそれを断った。

「…………何度も、するんですよね？」

「ああ。華穂ちゃんが俺のセックスなんてもう十分だって言うまでな」

「……じゃあ、このままの方が良いです」

「今日は正常位の気分？」

仰向けで寝そべって少し首を浮かしながら、コンドームを着け直す華穂に対して阿藤先輩が気さくな笑みを浮かべて尋ねる。

華穂は冗談っぽく不満気に唇を突き出した。

「……先輩のは強すぎて、膝や腰がガクガクになるので」

そう言われて阿藤先輩は愉快そうに再び華穂の上に覆い被さって行く。

「じゃあ次は優しくトロトロにさせてやるよ」

すっかり阿藤先輩の陰茎の形を刻み込まれた華穂の膣壺は、二度目の挿入を円滑に受け入れる。

「あっ、ん……」

阿藤先輩は華穂の両膝を持ち、そして先程のように激しく彼女を揺さぶるでもなく腰をぐいぐいと押し付けた。

「んっ、あぁ、はっ、あぁん……♡」

「華穂ちゃん、奥が好きだもんな」

「やっ、あぁっ……♡」

「ここ、千草で届く？」

華穂は一瞬躊躇しながらも、悲しそうに首を横に振った。

「彼氏じゃ満足できないセックスを、俺がしっかり刻み込んでやるからな」

「……そんなの、だめです……忘れさせてください……」

「おっとそうだった」

阿藤先輩は豪快に笑いながらも、ぐっ、ぐっ、と緩やかなペースで、しかし確実に腰を押し込んでいく。

「あっ♡　あっ♡」

華穂も先程のような切羽詰まったような声を上げるでもなく、その一つ一つの抽送を甘受するような蕩けた声を上げた。

「千草に俺のちんぽがついてれば良かったのにな？」

その言葉に華穂が豊かな乳房をぷるんぷるんと揺らしながら、気後れするように言う。

「……私が見た夢……そんな感じでした……ちー君に、先輩のおちんちんがついてて……それで、すごいねって私が褒めて……ちー君に激しく愛されて……」

阿藤先輩はそれを黙って聞きながらゆっくりとピストンを繰り返す。

「…………私、最低だ……」

華穂は泣きだしてしまいそうな声でそう言った。

阿藤先輩はそんな彼女の目尻を親指で拭きながら真面目な声色で言う。

「元々のきっかけを作ったのは千草なんだから、華穂ちゃんが気に病む事は何もないと思うぜ」

「……でも……」

それでも納得できない様子の華穂に阿藤先輩が笑う。

「じゃあ、もうわけわかんなくなるまでガンガンに突いてやるよ」

阿藤先輩が華穂の両手を握る。

華穂の方からも指を絡めて握り返した。

そして有言実行とばかりに、徐々にピストンの速度を速めていく。

ベッドの脚が吐く悲鳴が徐々に切迫感を募らせていった。

「あっ、あっ、あっ、あっ、あっ♡」

気持ち良さそうに喘ぐ華穂に対して阿藤先輩が声を掛ける。

「本当は俺もこうやって華穂ちゃんと二人っきりでセックスしてみたかった」

そう言うと、阿藤先輩はこちらをちらりと見た。

その視線は僕に対して、「方便だぞ」と釈明しているようだった。

そして阿藤先輩はゆっくりと顔を華穂に近づけていく。

情熱的なピストン。恋人繋ぎをした両手。蕩けた嬌声。

全てがまるで恋人同士のようなセックスだった。

このまま唇までもが繋がってもそれはとても自然な事のように思えた。

しかし華穂はぎりぎりまで迷っていたようだったが、口がつく直前で顔を背けた。

阿藤先輩が問う。

「キスは駄目？」

「……すみません」

「謝らなくていいよ。千草が一番だもんな」

そう笑ってピストンを更に激しくさせた。

華穂の足首がぷらぷらと揺れる。

「あんっ、あんっ、あんっ♡　先輩っ、そこっ、そこっ♡」

「華穂ちゃん、もう一回イクよ」

「……はい……いつでも、射精してください……」

二人は当然のように同時に達する。

僕もそのタイミングに合わせたいという衝動に駆られるが、なんとか我慢をする。

何故ならば、二人のセックスの余熱は押し入れに届く程熱く、まだまだ二人の交接が続くであろう事を予感させたからだ。

実際に華穂と阿藤先輩は間髪を入れる事なく更なる挿入を果たしている。

阿藤先輩は使用済みのコンドームを華穂の可愛らしいお腹の上に置いていき、まるで撃墜マークのように誇示した。

何度射精しても衰えない硬度とピストンに、華穂はもうトロトロに溶かされていく。

「あっ、あっ、あっ、あっ♡　先輩っ♡　すごっ♡　あぁっ……おちんぽ……ずっと硬いままっ……♡」

「彼氏と違って優しいだけのセックスじゃないだろ？」

阿藤先輩の言う通り、ケダモノに犯されてるかのような華穂は乱れに乱れていた。

しかし確かな充足感を得ていたようだ。

「こんなの、初めて……先輩……もっと、もっとおちんぽ頂戴……♡」

そして何度目かの射精を終えると、阿藤先輩が次のコンドームを手探りで探す。

「……あれ、ゴムなくなっちまったな」

そう言いながら、汗だくではぁはぁと激しく呼吸を乱している華穂に覆い被さっていった。

「……生でも良いよな？」

「…………え……でも、それは……」

「大丈夫。外で出すから」

阿藤先輩は半ば強引に避妊具を着けていない男根を、華穂の中にねじり込もうとした。

その際に一度だけ僕の方をちらりと見る。

動かない押し入れの扉を確認すると、彼は額の汗を拭ってから生で挿入した。

「あぁっ、んっ♡」

華穂は一際大きな声を上げ、阿藤先輩も快楽で弛緩しきった吐息を漏らした。

「あぁ……すげ。華穂ちゃんの生膣、すげぇ温かくてグネグネしてる」

「や……あぁ……熱い……」

「華穂ちゃんはどう？　俺の生ちんぽ」

「……熱いです……あと、すごくゴッゴツしてる……」

「千草とした事ある？」

華穂は首を左右に振る。

「じゃあ生ハメセックスするの、俺が初めてなんだ」

阿藤先輩の口元に喜悦の歪みが浮かんだ。

今まで先輩として、プレイの協力者として徹していた彼から、初めて個人的な感情が漏れ出したように見えた。

そんな阿藤先輩が高揚を隠せないように腰を振る。

「あっ、あっ、あっ♡　やだっ、生ちんぽ……全然違う……」

「どう違う？」

「……おちんぽの形が、すごくわかります……先輩のカリで……おま○こゴシゴシされてるのが伝わる……」

「もっと速くゴシゴシしてやるからな」

その宣言通り抽送を早くする。

にゅるん、にゅるんと生の性器同士が擦れ合う独特の卑猥な摩擦音が響いた。

「やっ、あっあっ♡　これ、すごく、エッチな気がします……」

「もっとエッチにさせてやるよ」

阿藤先輩の腰遣いが更に加速する。

「あっあっあっあっあっ♡」

パンパンと腰を打ちつけられると、華穂の顔が蕩けに蕩けた。

苦しそうな程に瞼（まぶた）をぎゅっと閉じて、口を開けて舌を出す。

「生ハメ交尾気持ち良いって言ってみな！」

高圧的で加虐的な阿藤先輩の言葉に、トロトロに自我を溶かされた華穂は従う。

「……いいっ♡　いいっ♡　生ハメちんぽっ♡　生ハメ交尾気持ち良いです♡」

あぁ、華穂……なんて可憐なんだ。僕は華穂が愛らしくて堪らなくなる。

次の瞬間、僕の身体は全身が恍惚に震えて、ろくに陰茎に手も触れていないのに射精した。

ドクン、ドクン、ドクンと全身が脈打つような絶頂。

糊のような粘っこい精液が褌の内側に打ちつけられていく。

ほぼ同時にベッドの上の二人も達していた。

「あぁ可愛いよ華穂ちゃん……いくぜ？」

「あっ、あっ♡　外、外に……精子は外に……」

阿藤先輩は必死に腰を振りながら、いつもの余裕を無くしながら早口で問う。

「中は駄目？」

「だ、だめっ……ちー君以外の赤ちゃん、産めない……あっあっあっ♡　ちんぽっ、おっきぃ♡　あっ、イク♡　イクイクッ♡　イクイクイクイクッ♡♡♡」

華穂は健気にも僕への想いを語りながら、背中を激しく反り返らせてアクメに達した。

阿藤先輩も無理矢理中出しする事なく、腰を引いて結合を解く。

するとサツマイモのような肉槍が、ぶるんぶるんと上下に揺れながら精液を華穂の身体に撒き散らかす。

生の膣壺に包まれていた男根は血管が浮き出る程に荒々しい。ビュルビュルと音を立てて、華穂の顔まで精液を届かせていた。

「やぁっあっ、精子、熱い……♡」

びちゃびちゃと顔から乳房、腹部まで白く染め上げられながらも、華穂はうっとりとした様子で絶頂の余韻に浸っている。

射精が一段落すると、阿藤先輩は大きく息をついた。

「はぁ～……華穂ちゃんの生ま○こ、最高だったよ」

華穂ははぁはぁと息を切らしており、それに応える余裕は見当たらない。

「千草も知らない生ハメセックス、俺にさせて良かったの？」

しかしその問いかけに対してだけは、気が重そうに返答する。

「………わかりません……」

アンニュイな華穂とは裏腹に、生挿入からの射精を果たした阿藤先輩の男根はまだビキビキと荒ぶるようにいきり立っていた。

「もう一回しても良い？」

華穂は首を横に振る。

「……もう、自分の足で帰れなくなっちゃいます」

「泊って行けばいいじゃん」

「……それは駄目です……それに……」

「それに？」

華穂は一呼吸の逡巡を見せると、後悔を背負うような声色で話す。

「……これ以上先輩の生おちんちんとエッチしたら、一生忘れられなくなります……私の中、先輩の形を覚えて元に戻らなくなっちゃいます」

阿藤先輩は笑いながら尋ねる。

「そうなったら困る？」

華穂は呆れるように言った。

「困りますよ…………」

「あくまで華穂ちゃんは千草のもの？」

「…………はい」

そして阿藤先輩が顔を近づけようとするが、華穂はやはりキスだけは無理と明確に拒絶した。

「そんなに俺とキスするの嫌？」

苦々しく笑う。

華穂はそういう問題じゃないと言わんばかりに言った。

「キスは……駄目な気がします……ちー君に内緒でこんな事しといて言う資格はないかもしれませんが…………やっぱりちー君が好きです」

彼女のその言葉はどこか思い詰めていた。

場の空気を軽くしようとしてか、阿藤先輩はティッシュで華穂の全身に飛び散った精液を拭き取りながら気軽な口調で言う。

「千草が悪いんだよ。華穂ちゃんをあんなプレイに付き合わせてたんだからさ。ちょっとくらい彼女に火遊びされても因果応報さ」

「……そうでしょうか……開き直りたくはないですね」

「酒も入ってたしさ」

「……お酒の所為にもしたくありません」

華穂は気怠そうに上半身を起こすと服を着だした。

そんな彼女の背後から阿藤先輩が軽くちょっかいを出す。

両手で胸を揉んだり、首筋にキスをしたり、太ももに手を這わせたり。

華穂はその度にくすぐったがり、楽しそうに白い歯を見せた。

服を着た華穂は、少しおぼつかない足取りで立つ。そして裸のままベッドに腰掛けた阿藤先輩に軽く一礼した。

「ご迷惑おかけしました」

「別に迷惑だなんて。むしろ役得だったし」

「……いえ、ご迷惑お掛けすると思います」

その言葉に阿藤先輩は首を傾げる。

「どういう意味？」

「……今日のこの事、私ちー君に言おうと思います。黙って秘密のままなんて……そんな卑怯な事はできません」

阿藤先輩は黙って話を聞き続けた。

「なるべく先輩が悪い印象を持たれないようには話します。私の意志が薄弱だったんです」

阿藤先輩は鼻で笑った。

「良いよ。俺が誘ったって言って」

「でも……それじゃちー君との仲が……」

「まぁそれはなんとかなるさ。大体華穂ちゃんとセックスする事自体がもう何度目かって話なんだしさ。千草もそんな怒んないと思うよ」

そうだろ？　と言わんばかりに僕の方に視線を向けた。

阿藤先輩は華穂の背中を押すように笑顔を向けた。

「華穂ちゃんのしたいようにすればいいさ」

華穂は申し訳なさで一杯といった表情で、もう一度頭を下げた。

そして帰宅していく。

いつの間にか外は暗くなっていた。

華穂の姿がなくなると、僕はそろそろと押し入れの中から顔を出した。

阿藤先輩は裸のまま冷蔵庫から缶ビールを取り出すと、喉を鳴らして豪快に嚥下(えんげ)した。

そして僕の方に向き直る。

「どうだった？　アドリブでああいう展開になったけど満足したか？　それとも怒ってるか？」

「……怒ってはいません。怒りがあるとすれば自分に、でしょうか」

「華穂ちゃん。色々と悩んでたな」

そう言って更に缶ビールに口をつける。

黙って俯く僕に阿藤先輩は静かに言う。

「もうそろそろ潮時だろ」

「……はい。もうこれからは自分の欲求よりも、華穂の気持ちを最優先する事にします」

僕はそう言い残すと、阿藤先輩の部屋を後にした。

そういえば押し入れの襖を汚してしまった事を言い忘れてしまった。まぁ華穂に生挿入した事とチャラにしておこう。

外はすっかり陽が暮れていて月が昇っていた。

冷たい空気が火照った身体に心地よい。

華穂の苦悩に想いを馳せる。

何度か肌を重ねる度に、身体の相性の良さに気付かされてしまった。本当のセックスの良さを思い知らされてしまった。

だから彼女が僕に対して罪の意識を持つ事になった。

それは全て僕のワガママの所為だ。

そして彼女なりにそれを吹っ切ろうとした。元の日常に戻ろうとしてくれた。

僕はどれだけの借りを彼女に返さなければならないのだろうか。

いつも僕の隣で微笑んでくれていた。

僕に底なしの愛を向けてくれていた。

僕は自分の事だけを考えていたような気がする。自分の退屈な日常だけをどうにかしたくて独りよがりになっていたのだ。

いつも隣にいてくれた華穂の愛の深さにも気付かずに。

どれだけ暴力的なまでの快楽に弄(もてあそ)ばれても、最後には僕への愛を語ってくれた。キスを拒絶して、僕が一番だと言ってくれた。

その想いに応えたい。
そうする為には僕がプレイを止める決断を下すしかない。

第五話　贖罪

次の日、華穂の姿は学校にはなかった。

『一人で気持ちを整理したいので今日は学校休みます。心配しないでください。それと明日、話したい事があります』

そんなメッセージと共に学校を休んだ。

きっと今は一人で思い悩んでいるのだろう。

そして僕も彼女のそんな想いをどう受け止めるべきかの覚悟を決めなければならない。

華穂と二人で受ける予定だった講義を一人で受ける。隣が空席なだけで随分と物寂しい気持ちになる。

講義が終わると華穂の友達が声を掛けてきた。

「華穂、体調不良だってね？」

「ああ、うん」

本当は少し違うのだが、友達にはそう言ってあったようだ。

「最近ぼーっとする事も多かったからさ、華穂に悩みがあるようだったら千草君から
も聞いてあげてね」

そう言い残し去っていく彼女達の背中を見届けながら、僕は自分が不甲斐なくてた
め息をついた。

僕はいつも自分の事ばかり考えていた。

自分の退屈を打破したい。

自分の欲求を満たしたい。

今となっては恥ずかしいばかりだ。

華穂が受けた苦しみなど浅いところでしか考慮していなかった。

気持ちが沈み込んだ僕は、大学内の他の友達と話す気分にもなれず、ＵＭＡ研究会
の部室へと足を運ぶ。

いつもならゴシップ雑誌を読み漁っている阿藤先輩もおらず、無人の部屋で僕はじ
っと長机の木目を眺めていた。

華穂の声が聞きたい。

平穏で退屈な日常の中の、華穂の存在を切望してやまない。

時間を巻き戻せるなら、あんな馬鹿な欲望を持つ前まで時計の針を戻したい。

しかし今更どうにもならない。

僕は華穂を傷つけてしまったのだ。

どんな罰を与えられても良い。

華穂に戻ってきて欲しい。

それだけを願っていたら、不意に部室の扉が開いた。

阿藤先輩かと思い振り返ると、顔と名前だけ見知っている阿藤先輩の同級生数人が
そこには立っていた。

「阿藤いる？」

「いえ、僕一人ですけど」

「あぁそうなんだ。まぁいいけど」

それだけ会話を交わすと、その先輩達は身を翻して廊下へと戻って行こうとした。

そしてドアに手を掛けると、一人の先輩が僕に顔を向ける。

「君、千草君だっけ？」

「ええ。そうですけど」

「あれでしょ。華穂ちゃんって娘の彼氏でしょ？」

そこまで言うと、他の先輩達に肘で小突かれていた。

そしてニヤニヤしながら呟かれている。

「おい、止めとけよ」

その声を意に介した様子もなく、その先輩は僕に言葉を続ける。

「阿藤には気を付けた方が良いぜ。最初は華穂ちゃん可愛い。マジタイプだって言ってたし。でも千草君と付き合ってるって知ってすぐ興味失せてたみたいだけど」

そしてその先輩達は笑いながら去って行った。

その先輩にとっては冗談交じりに後輩をからかっただけだったのだろうが、僕にとっては重大なニュースだった。

阿藤先輩が華穂の事をそんな風に思っていたなんて初耳だった。

プレイの時も、どちらかといえば淡々と事務的に協力してくれていたように見えた。なのにあれは全て演技だったのだろうか。

一見平然としながらも、その胸の内では様々な感情が渦巻いていたのだろうか。そういえば今にして思えば、華穂を抱くにあたって不自然な程協力的だったり強引だったりするところがあったかもしれない。

僕は益々自分が恥ずかしくなった。

何も知らないまま、色んな人の気持ちをかき混ぜてしまっていたのだ。

今すぐ華穂に会いたい。

時計を見ると丁度正午を回った辺りだった。

僕は午後の講義が残っているにもかかわらず、学校を飛び出すと電車に飛び乗った。

そして華穂の家の前まで走った。

華穂と言葉を交わしたいと思った。

華穂の気持ちが知りたくて仕方がなかった。

しかしいざ部屋の扉を前にすると足が竦む。

ただでさえ華穂からは、『明日話す』と釘を刺されているのだ。これ以上自分勝手な行動に出ては、本気で呆れられてしまうと恐れた。

僕は暫く華穂の部屋の扉を見つめた後、すごすごと退散する事にした。

大学にも戻らずに、自分のアパートに帰るとベッドに寝転び天井を見つめる。

そのまま夜が更けても夕飯すら摂らずに、ただ華穂の事だけを考え続けていた。

気が付けば眠りに落ちて、そしてまた日が昇っている。

僕は風呂に入って身支度を整えると部屋を出た。

華穂と今後について話をしなければならない。胃が重くなる。しかしそれ以上に切望があった。華穂の顔が見たい。

それは、思っていたより早く叶う事になる。

アパートの前を通る小さな県道。その道端に立つ電信柱に、華穂は背中を預けて立っていた。

彼女は僕と不意に視線を重ねると、一度顔を伏せる。そして意を決したようにまた顔を上げた。

「華穂！」

僕は無意識に大きな声を上げて小走りで駆け寄る。

華穂はじっと僕の顔を見上げていた。なにかを伝えたくて、喉に言葉が積もりに積もっているような顔だった。

僕達は朝の挨拶も交わさずに、無言で見つめ合う。

隣を行きかう車の交通量は多かったが、そんな喧噪は僕達の耳には入ってこなかった。

「言ってくれたら僕から華穂の部屋に行ったのに」

「ううん。いいの」

たったそれだけの会話。しかし僕は彼女と言葉を交わせた事が嬉しかった。

華穂は申し訳なさそうに言う。

「……少し学校には遅刻しちゃうけど、良い？」

その覚悟を決めた瞳は、私の気持ちを聞いて欲しいと言外に強く求めてきていた。

僕は生唾を呑み込んで頷く。

「…………」

華穂は少しの間黙り込んだ。彼女も相当緊張しているようだった。その鼓動は極度の不安を抱え込んでいる。

「……あのね……」

「うん」

「……ごめんなさい。浮気した」

「……うん」

「初めて先輩と……その……した時から、先輩の方が気持ち良いって思っちゃってた」

「……うん」

「それで、ちー君が知らないところでも先輩とした」

「……わかった」

華穂はそこまで言い切ると、目尻に涙を溜めこんでいた。

しかし絶対に泣いたりはしないという強い意志を感じる。それは自己満足にしかならないという彼女の強い想いだった。

華穂は少し意外そうに尋ねる。

「…………怒らないの？」

「怒らない。全部僕が悪いから」

「……そんな事ないよ。きっかけはちー君だったかもしれない。でも誘惑に負けたのは私だよ」

「元々誘惑に負けたのは僕だから」

そこで会話は一旦途切れる。

車も通らず、朝の住宅街にしてはあまりに静かな時間が僕らの次の言葉を待った。

「……それでも……」

華穂の両肩に手を置く。そしてぎこちなくではあるが、僕は僕の気持ちを彼女に伝えた。

「…………それでも、僕は華穂とこれからも一緒にいたい。華穂が他の人に惹かれてしまったとしても、僕はそれを忘れさせるような努力をする。もう二度と自分勝手な理由で華穂が嫌がるような事もさせない」

そして最後に、僕がこの一連の出来事で一番身に染みた気持ちを口にする。

「僕は毎日が退屈だった。でもそんな日常を愛していたんだ。その象徴が華穂、君なんだ。だから、これからも変わらぬ日々を君と過ごしたい」

僕は頭を下げた。

「これからも、僕の隣にいて欲しい。お願いします」

華穂からの返答はなかった。

おそるおそる視線を上げると、華穂は涙を流していた。まるで決壊したダムのように大粒の涙をポロポロと零している。

「…………私なんかで良いの？」

「華穂じゃないと駄目なんだ」

「……私、浮気したんだよ？」

「僕がそうさせた」

「……他の男の人と……」

その先の言葉は、嗚咽に塗れてきちんと喋れてなかった。

僕は人目も憚(はばか)らず、その場で華穂を抱きしめた。

華穂が泣き止むまでずっと。

彼女は僕の胸の中でしゃくりあげていたが、それが落ち着くと僕らはどちらからともなく手を握り合った。

彼女が顔を上げる。

「…………ちー君がずっと一番好きだった。でも不安だった。他の人とエッチさせられて、このまま捨てられちゃうんじゃないかって」

「わかってる。ごめんな」

そう言って僕はもう一度彼女の事を強く抱きしめた。

そして耳元で再度確認を取る。

「もう一度、やり直して欲しい。僕達だけの平穏な日常を。散々振り回しておいて身勝手でごめん」

華穂は何度も頷きながら泣いていた。


そんなこんなで僕らのひと悶着は解決した。

華穂と二人で駅まで歩く。勿論手を繋いで。心が昂った所為なのか、華穂は時折歩きにくそうにモジモジとしていた。

見飽きた風景。

見知った体温と柔らかさ。

しかしこれこそが幸せなんだと、色々と遠回りしながらも気付く事ができた。

「目、腫れちゃってないかなぁ」

華穂がはにかみながら尋ねてくる。

「大丈夫。可愛いよ」

「……な、何言ってんの」

普段なら言わないようなキザなセリフに華穂が照れる。

こんななんでもないような一幕に胸を撫で下ろす。

もうこれで全て終わったのだ。

いや、これから始まる。二人の幸せが。

そう心から幸せを噛み締めていると、阿藤先輩からのメッセージが届いた。

『昨日、華穂ちゃんの本音を色々と聞けたから、これからのお前らの付き合い方の参考になれば良いと思って送る』

そして少し遅れて、メールに動画が送付されてくる。

一体なんだろうと思いながらも、今は華穂との通学を満喫したかったので気にも留めなかった。

電車に乗る。いつものように特に目新しい話題もない僕らは、時々視線を合わせると気恥ずかしそうに笑みを零した。

いつもと少し違うのは、華穂の泣き腫らした目。そして相変わらず時折見せるモジモジとした下半身。トイレでも我慢しているのだろうか。

電車を降りると長い坂道を歩いていく。

鬱陶しいだけだった坂道。

でも今は、これからの僕と華穂の人生を象徴しているような気がした。一歩一歩を大切に、そして力強く歩いていく。

大学につくと僕らは名残惜しさを感じながらも一旦別れた。華穂とは別の講義だったし、彼女は一旦化粧直しをすると言ってトイレへと入って行った。

僕はそれを見届けると自分の講義へと向かう。

空いている適当な席に座り、そして出席を取ると漸く一息ついた感じがした。中々講義には集中できない。

僕の心には安堵が広がっていた。

勿論何の憂いもないわけではない。

この一月ばかりの出来事は、確かに僕らの間に爪痕を残した。僕はそれを一生掛けてでも償っていかなければならない。

しかし決して後ろ向きな気持ちではない。

華穂と二人で未来へと歩いて行こう。そんなポジティブな決意で溢れている。

心の余裕が生まれ始めた僕は阿藤先輩からのメッセージと、送付された動画が気になった。

一度気になりだすと、何故だか妙に心がザワついた。

何故だか嫌な予感がする。

もう全てが解決したのだ。今更何を気に病む必要があるのだ。

しかし僕の頭の中は、妙なノイズで騒がしくなった。

急に不安に駆られた僕は、教授にトイレと偽って講堂を出た。

そして手近な男子トイレに駆け込み、個室に入るとロックした扉に背を預けた。

僕はなにか無意識に勘づいているのだろうか。

まるで阿藤先輩の部屋の押し入れから覗いていた時のような動悸が僕を襲う。

トイレの中はしんと静まり返っていた。

携帯を取り出して、そして送られてきた動画ファイルを再生する。

日付と時間は昨日の正午を少し回った辺りだった。

僕がいても立ってもいられず、華穂の部屋の扉の前まで訪れた時の時間だ。あの時の僕は結局何もせずに引き返した。

そして携帯で撮影されたであろう映像は、僕が良く知る部屋の内装を映し出していた。

華穂の部屋だ。

つまり僕が訪れて踵を返したあの時の、扉の内側で行われていた事をこの映像は記録している。

まるで僕が今この映像を見ている事をどこからか見通しているように、阿藤先輩から追加のメッセージが入る。

『わざわざお前の為にリスク背負って盗撮してきてやったんだからな』

そしてこうとも。

『何度も額を床に擦りつけてお願いしたんだから。俺も華穂ちゃんが忘れられなくなったから、一回だけで良いからって。華穂ちゃんも困ってたけど、最終的には俺の押し出しが決まったな（笑）』

僕の心拍数が急激に上昇する。

先程まで僕を優しく包み込んでくれていた優しい日常はどこかへ消え失せた。

阿藤先輩の言う通り、映像はベッド脇にでも置かれたスマホから盗撮されていた。

「大丈夫。昨日した事の延長だから」

映像の中の阿藤先輩はベッドの上で、華穂を後ろから抱きしめている。

そして衣服を一枚ずつ脱がしていた。

華穂の顔は困惑と緊張に塗れている。

阿藤先輩の手つきもどこか粗野で、いつもの余裕は感じ取れなかった。

「……あの、やっぱり困ります」

「どうして？　華穂ちゃんも昨日のあれだけじゃ満足して俺の事忘れられないんじゃないの？」

「…………そんな事……」

「ほら口籠ってる。図星なんだろ」

華穂は下唇をきゅっと噛むと、恥ずかしそうに俯いた。

そんな彼女のワンピースのボタンを外しながら阿藤先輩は耳元で呟く。

「いいじゃん。もう千草のいないところでもエッチする仲には昨日なっちゃったんだしさ」

華穂は顔を真っ赤にしながらも弱々しく反論する。

「……あれは、だから……昨日だけって」

「一回も二回も一緒だって」

するすると華穂のワンピースが脱がされる。

純白の下着が姿を現した。華穂らしい清楚な佇まい。それでいて豊満な肢体と釣り合うように、大人びた刺繍も入っている。

ブラジャー越しに胸を持ち上げるように揉みながら阿藤先輩は笑みを零す。

「こんな身体、いきなり忘れろって言われても無理だって」

「……そんな事言われても」

「そんな困った振りして、本当はもう華穂ちゃんも期待してんだろ？」

そう言って阿藤先輩は下半身を華穂の背中にアピールするように押し付ける。

華穂は眉を八の字にして俯くばかりだった。

「ほら、もうこんなおっきくなってる。わかるだろ？」

そう言いながらブラジャーのホックを外す。

華穂の豊満な乳房がぼろんとまろび出た。

阿藤先輩は華穂の首筋を舐めながら、ゆっくりと撫でるように生の乳房を触る。

手の甲で乳首を撫でたり、時々乱暴に鷲掴みにしたりと緩急をつける。

「んっ……」

「ほら、胸を触られただけでそんなエッチな吐息零しちゃって。すっかり俺のセックスに身体が馴染んじゃってるじゃん」

「……だって」

「だって？」

くすくすと笑いながら両手で胸を覆い隠すように揉む。しかし阿藤先輩の大きな手でも、包みきれない程に華穂のそれはふくよかだ。

指がむぎゅりと柔肉に沈み込む。

「…………先輩の触り方がやらしいから」

「やらしいのは華穂ちゃんだよ。本当はこんなエッチな身体して」

阿藤先輩は華穂をそのまま仰向けで寝させると、ショーツをするすると下ろしていく。

そしてショーツを床に投げ捨てると、彼女の膝を立てて股を開かせた。

阿藤先輩はその間に腰を下ろす。

「もう濡れてるよ」

「……やだ」

華穂は心底恥ずかしそうに顔を背けた。

そんな彼女の陰部に、阿藤先輩の手が伸びる。

最初は指の腹で優しくクリトリスを撫でた。

「あっ……」

華穂の肩がぴくんと揺れる。

「クリトリスもきゅんきゅんに勃起してるよ」

「んっ……あぁ………はぁ……」

「ほら、こうやって摘まめるくらい」

人差し指と親指で小豆（あずき）のようなクリトリスを摘まんだ。

「あぁっ！」

華穂は身体に電気が流れたような仕草を見せて、腰を微かに浮かせる。

「こうやってクリクリされたら弱いんだろ？」

「あっ、あっ、あぁっ……」

「たまにはこうして優しく押し潰してみたり」

「はぅっ！」

華穂は阿藤先輩の手の平の上で弄ばれていた。まさにまな板の鯉だった。

阿藤先輩は自ら手早く服を脱ぐと全裸になる。当然のように男根は勇ましく屹立していた。

　華穂の視線がそれをちらりと盗み見する。どこかとろんとした目つきだ。それを察した阿藤先輩が言う。

「期待してる？　でもまだこれはやらないよ」

　左手で華穂のヘソの下辺りを触診するように手の平で触る。

「華穂ちゃんのここが俺を欲しいって疼いてるよ」

　華穂は耳まで赤くしたまま、目を瞑って首を横に振った。

「でも今はまだ指で我慢」

　左手でお腹を軽く押さえながら、右手の中指を陰部に挿し込む。

「ほら、こんなにゅるって入るくらいに濡れてる」

「んんっ……」

「華穂ちゃん、俺のゴツゴツした指好きだもんな？　千草とは全然違うんだろ？」

　阿藤先輩の声色にも明らかな高揚と興奮が見え隠れしてきた。

　華穂も口では返さなかったが、その言葉を認めてしまうかのように肩に力を込める。

その強張りは明らかに快楽を伴っていた。

　阿藤先輩は一旦指を引き抜く。膣口からその野太い指には粘液の橋が架かった。

「四つん這いになれよ」

華穂は緩慢な動きでその指示に従った。

ぷりんとした臀部を阿藤先輩の眼前にと突き上げる。その所作には己の陰部を晒す恥じらいはもうあまり感じない。二人がそれだけ濃密な肌の交わりを繰り返してきた結果である。

華穂の綺麗な色と形の陰唇は開ききっており、膣口は物欲しそうにヒクついている。

「下の口は今すぐちんぽ欲しいって言ってるよ」

「…………や……」

華穂は消え入りそうな声を漏らした。

阿藤先輩の左手は尾てい骨を上から押さえる。そして右手中指を再び挿入した。

「あっ……」

そのまま手首を優しく前後させる。

「あっ、あっ、あっ、あっ、あっ……」

華穂の声はとにかく切なそうだった。聞いているこちらの胸が締め付けられそうになる。

「ちんぽが欲しいんだろ？」

阿藤先輩は中指に続いて人差し指も挿入した。

「やっ、あっ……はぁ、あっ……」

「素直に言えば好きなだけぶち込んでやるぜ」

手首の動きが徐々に激しくなる。

指を男性器に見立てた交接は、ぐちゅぐちゅと卑猥な水音を奏でた。

「あぁっ、あっ、はっ、はっ、あぁっいっ……」

華穂のその動きは無意識のように感じられた。四つん這いのまま片手を伸ばし、勃起した男根を握りしめたのだ。

「そんなに欲しいのか？　言ってみろ。何が欲しいか言ってみろ」

手首の動きと共に、華穂を問い詰める口調も激しくなる。

ぐちゅぐちゅと音を鳴らすやらしい華穂の臀部からは、愛液がむっちりした太ももを垂れていく。

「……ほ、欲しい……です」

華穂の声は掠（かす）れて途切れ途切れだった。

「聞こえねえぞ！」

更に責め立てるように指で膣壁を擦り上げる。

華穂は熊に追われる兎のようだった。

必要以上にはっきりとした声量で言う。

「……お、おちんぽが……欲しいです」

阿藤先輩は満足気な笑みを浮かべると手首を止めた。

指を膣壺から抜き出すと、シェイクされた生クリームのような愛液が陰唇周りと指にべっとり付着していた。

「どんなちんぽが欲しい？」

阿藤先輩は両手で華穂の腰を左右から挟み込むように持って、亀頭の照準を陰唇に合わせる。

「……ふ、太いおちんぽ……先輩の、大きいちんぽが欲しいです」

「彼氏のじゃなくて良いのか？」

ごくり、と華穂の喉が生唾を呑み込んだ。罪悪感を嚥下した音。

もう彼女の全身は薄っすらと汗ばみ、快楽に支配された血肉は阿藤先輩との交わりを頭に浮かべる事しかできない。

華穂は罪の意識を浮かばせながらも言う。

「…………ちー君のより強い、先輩の勃起ちんぽください……」

阿藤先輩の笑みが満面に浮かんだ。

亀頭で狭い膣口をゆっくり押し広げると、後はそのままにゅるりと滑り込ませるように挿入した。

「あぁっ！」

「これが欲しかったんだろ？」

華穂の肩甲骨が狭まり、背中が反り返る。

「……あ、つい………あぁ……頭、ジンジンする……」

挿入されただけで彼女は身体だけでなく、心まで痺れさせられていた。

「で、でも……先輩……これ、生……」

「生で欲しかったんじゃないのか？」

「………でも、でも………」

「これで良いんだよ。華穂ちゃんもこっちのが気持ち良いんだし」

高圧的な物言いでそう言い捨てると、強引に押し切るようにピストンを始めた。

パンッ、パンッ、パンッ。

華穂の部屋。華穂のベッドの上で、乾いた音が響く。肉と肉がぶつかる音。男と女がぶつかる音。下腹部と桃尻がぶつかる音。

「あっ、あっ、あっ、あっ、あっ♡」

華穂はもう堪らないといった様子で喘いだ。

「どうだ？　どうだよ？　彼氏と比べて俺の生ちんこは」

「やっあっあっ♡　聞か、ないで……あっい♡　いっいっ♡」

華穂の言葉に阿藤先輩は、ピストンを止める代わりにぎゅうっと男根を押し込むように根本まで挿入した。

そして亀頭の先で子宮口をぐりぐりと突くような動きを見せた。

「あああぁっ♡　それっ、あっあっ、深いの♡　届いてる♡」

「言うまでこのまま続けるぞ」

「やっ、あっ♡　これ、だめっ、頭、変になる……奥、奥、キスしてる……ちんぽと子宮……キスしちゃってる………♡」

「それで？　どうなんだよ？　千草と比べて」

「わ、わかん、ない……ちー君の生おちんちん、知らないから……あぁっ♡　で、でも……絶対先輩のが強いからっ……先輩の生ちんぽのが、彼氏より強いからっ♡」

阿藤先輩は口端に愉悦を滲ませた。

「彼氏のセックス、忘れさせてやるよ」

そう言うと一度だけ大きなストロークで勢い良く抜き差しをした。

パァンッ！

爆ぜるような衝突音が鳴る。

「あぁっん♡」

「どうだ？　千草より良いだろ？」

「やっあっ……」

華穂の受け答えにはまだ躊躇いがあった。

それを打ち壊さんとばかりに再び大きなストロークで腰をぶつける。

パァンッ！

「はぅっ、あぁっ♡」

「どうなんだよ？」

意地の悪い口調で問い詰めながら、徐々にピストンの速度を速めていく。

パンッ、パンッ、パンッ、パンッ、パンッ！

「あっ、あっ、あっ、あっ♡」

「言わねーと腰止めるぞ」

華穂の両手がベッドのシーツをきつく握りしめる。

彼女の中での葛藤が最高潮に達したその時、阿藤先輩の腰つきもガツガツと激しさを極めた。

華穂に握られて乱れるシーツの皺。奥歯を食いしばる音。

それら全てが彼女の罪悪感を表していた。

そして彼女の口から本音が漏れる。

熊に齧りつかれた兎のように。

「……い、いいいっ♡　先輩の方が、ちー君より気持ち良いっ♡」

僕の絶望が興奮へと変換される。

「先輩のガチガチちんぽの方が、彼氏のセックスより全然好きっ♡」

阿藤先輩の笑みが精神的な絶頂を迎える。

ずっと密かに愛でていた後輩の恋人。

その女を自分の雌にできた悦びが、彼の口端を歪めている。

必然的にピストンを射精に向かってペースを上げる。

パンパンパンパンパンパンパンパンッ！

「あっ♡　あっ♡　あっ♡　先輩っ♡　先輩っ♡」

「これか？　これが彼氏より良いか？」

「良いっ♡　あぁっ、そこ、そこ、奥っ♡　あっ、すごっ♡」

「もっと言ってみろ！」

それはもっと俺を喜ばせてみろと言外に求めていた。

華穂にはもう快楽に抗う余力が残されていない。

「好きっ♡　好きっ♡　先輩の大きいちんぽが一番好きっ♡　彼氏よりも大好きっ♡　あっあっあっあっ♡　イクッ、イクッ♡」

阿藤先輩は遮二無二腰を振る。華穂と同時に昇り詰めようと必死になる。

「出すぞっ！」

「あぁっ♡　あっあっあっ♡　イクイクイクッ♡　イックゥ♡♡♡」

阿藤先輩が一際強いストロークで突き刺すとその動きを停止させた。槍のような男根を根本まで突き刺して、法悦のため息を漏らす。

同時に華穂の全身が震え、特に尻肉がビクンビクンと痙攣した。

その中でも僕の目を引いたのは、生で挿入していたはずなのに、結合を解かないまま絶頂に至った阿藤先輩の下腹部だった。

つまりは……膣内に射精した。

華穂はシーツを握りしめたまま、背中に玉粒のような汗を浮かべて息を切らしていた。

「あ……あぁ…………はぁ、はぁ……んん……」

そして、己の中に放出された劣情に言及する。

「…………やっ、熱い……これ、先輩……？」

「別に良いだろ。中でも」

華穂はその言葉を否定しなかった。

乱れた呼吸の中、蕩けた声で囁くだけだった。

「……すごく……飛び跳ねてる……びゅう、びゅうって…………すごい……」

阿藤先輩も抑えきれない興奮の中、尋ねる。

「中出し初めてか？　初めてだよな。生ちんぽも俺が初めてなんだから」

優越感に浸るようにそう言う。

華穂は背中をきゅっと反らし、シーツを切なそうに握りながら言った。

「……こんな、沢山出るなんて…………あぁ、まだドクドク出てる……」

「…………危ない日だったた？」

華穂は首を左右に振った。

阿藤先輩の安堵が画面からも伝わる。

ない。

「中出し、気持ち良いだろ？」

華穂は答えない。彼女の身体が雌の悦びに浸りきっているのは一目瞭然だ。全身をブルブルと震わせている。しかし僕に対する最後の一握りの操が、それを言葉にさせない。

阿藤先輩が腰を引く。

亀頭の先端と膣口を、愛液と精液が混じった白濁液が線を引いた。

そしてその直後、ぽっかりと開いた膣口から、どろりと特濃の精液の塊が零れ落ちた。

本来なら奥まで綺麗なピンク色が続く膣壁は、精液で真っ白に染められきっていた。

「華穂ちゃんのすけべなおま○こ、まだまだ俺が欲しいっておねだりしてるぜ」

阿藤先輩の言う通り彼女の膣口から膣壁は、まだまだ屈強な男による圧倒的な凌辱を求めるかのようにヒクついていた。

華穂は「ふぅ……ふぅ……」と盛りがついた雌犬のように呼吸を乱していた。

「欲しいものがあるなら、ちゃんと態度と言葉で示さないとな」

華穂にも良識や恥じらいは残っていた。だから躊躇した。

しかしそれ以上に彼女を衝き動かすものは……。

華穂は両手で自身の臀部を掴み、そしてただでさえくっぱりと開いた陰唇を左右に広げてみせた。

そしてもう我慢がならないといった様子で言う。

「…………ちー君しか知らなかった私のおま○こ、先輩の極太ちんぽでもっと扱いてください……先輩の勃起ちんぽの形、もっと教えてください……」

その後はもう二人は動物のように腰を振り合った。

「あっ♡　あっ♡　あっ♡　あっ♡」

一度絶頂済みの膣壺は、カリの高い陰茎にかき混ぜられてグチャグチャと水音を鳴らした。

「また出すぞ！　中に出して欲しいんだろ？　あぁ!?」

阿藤先輩は攻撃的にそう言いながら、肉付きの良い華穂の桃尻をスパンキングした。

その度に華穂はきゃんきゃんと甲高い声で鳴いた。

再び阿藤先輩が後背位で下腹部をぴっちりと華穂の臀部に押し付けて、画面越しにまでびゅうびゅうと聞こえてきそうな射精を終える。

華穂は太ももまでブルブルと震わせて絶頂していた。

彼女の心身は、僕に見せた事がない程に悦びに浸りきっている。

阿藤先輩が無言で仰向けに横たわると、何を言われずとも華穂は彼の下半身に寄り添って寝た。

そして顔を横から股間に近づけて、精液塗れの陰茎に舌を這わせた。

「んっ……くちゅ…………ちゅう……」

熱心に、丁寧に舌の腹を陰茎に擦りつけていく。時には唇を窄めて鈴口に当てると、尿道に残っている精液を吸い取るべくちゅうちゅうと音を鳴らした。

阿藤先輩の男根は驚異的な速さでその硬度を取り戻す。

華穂はそれをうっとりとした目つきで眺めると、咥えてじゅぽじゅぽと音を鳴らした。

「上に乗って腰振ってくれよ」

華穂は躊躇なくその言葉に従う。

カーテンの隙間からは、まだ昼下がりの陽光が一筋だけ華穂の背中を照らしていた。

華穂が自ら陰茎の根本を持って腰を下ろすと結合が完了する。

どちらからともなく両手を繋ぎ合った。指を絡め合った恋人繋ぎだ。

最初は阿藤先輩が軽く華穂を上下に揺さぶったが、やがて華穂の方からも腰を振り出した。

「……どう動いたら良いのか……」

騎乗位の経験に乏しい華穂に、阿藤先輩が文字通り手取り足取りやり方を教える。

数分もしない内に、華穂は阿藤先輩の上で腰を前後にグラインドさせていた。

華穂が腰を振る度に豊かな乳房は揺れ、そして華穂は愛らしい喘ぎ声を漏らす。

やがて阿藤先輩が射精の旨を伝えるが、華穂は腰を浮かす事なく阿藤先輩が達するまでそのままグラインドを続けた。

彼の射精を膣内の最奥(さいおう)で受け止めながらも、彼らは指と指を絡ませた両手をしっかりと握り合っている。

その時の華穂の表情は様々な感情が入り混じっていた。

下唇を噛み、なにかに謝罪しているかのようだったし、しかし紅潮しきった頬やこめかみの汗はセックスを堪能しきっている女そのものだった。

射精が収まると、華穂は糸が切れた人形のように阿藤先輩の分厚い胸板の上に寝そべった。その下半身は繋がったままだったが、太い陰茎の脇から漏れるように精液が垂れてきていた。

「……先輩の胸、すごく広いですね」

「これでも最近鍛えてないから衰えた方なんだけどな」

二人は結合したまま、呼吸も切れ切れのまま、どこか気怠そうに会話を交わす。

「ちー君はもっと細いです」

「華穂ちゃんはああいうのが好き？」

「……別に。考えた事ありません」

「俺は華穂ちゃんの事、最初から結構良いなって思ってたぜ」

「……え」

「いやマジで」

そう言うと胸板に頬を寄せる華穂の顎を持ち上げ、そして唇を重ねた。

華穂は抵抗しなかった。

ただ瞳を閉じて、阿藤先輩のキスを受け入れた。

セックスの余熱がまだ二人の肌を汗で濡らすような時間、阿藤先輩は華穂を慰めるような口調で言う。

「華穂ちゃんは不安だったんだよな？　千草にあんなプレイを望まれて」

「…………」

華穂は答えない。あくまで僕への不満は漏らさない。それが逆に僕の胸を締め付ける。

「大丈夫。華穂ちゃんが心配になったら、俺がいつでもその隙間を塞いでやるから」
「……それって……」
華穂も阿藤先輩もそれ以上は言わない。はっきりと明確には言及しない。
これからも時々二人で会おうなんて、口には出さない。
しかし見つめ合う二人の瞳は、言外になにかのコミュニケーションを取っていた。
そしてそのまま二人は再び唇を交わす。
今度は阿藤先輩からの一方的なものではなく、華穂の方からも唇を啄んだ。
ちゅっ、ちゅっ。
華穂の部屋で、華穂の唇が可愛らしい音を立てる。僕以外の唇を相手に。
やがて唇同士の交接は、舌を交えていく。
くちゅくちゅと音を鳴らして舌を舐め合う。
阿藤先輩は華穂を自分の上半身から横に下ろすと、側位の体勢に移った。
挿入をし直す必要はない。ずっと繋がったままだったから。
上の口も、下の口も。
キスをしたまま、ゆっくりと華穂の全身を愛でるように腰を振る。
「あっ、あぁっ…………先輩………」

「これからも華穂ちゃんが寂しくなったら、俺が彼氏の代わりになってやるからな」

「……そんな……代わりだなんて……んっ、あっ♡　そこっ、あっ、いっいっ♡」

「それとも俺が一番？」

阿藤先輩が冗談っぽく尋ねると、華穂は照れ隠しのように少し無愛想に返した。

「…………一番はちー君です…………でも……セックスは、一番かも……」

「ふふ。それでいいよ。今は俺のちんぽに浮気してくれよ」

ぐっ、ぐっ、と力強く腰を入れ込む。

「あっ、あっ♡」

「この体勢も気持ち良い？」

「あっいっ♡　きもち♡　先輩のおちんちん、どんな入り方しても……あぁ、いいっ……気持ち良い、です……あっあっ、ちんぽ、おっき……♡」

「明日からも一杯エッチしような？」

「……先輩……ちんぽガチガチでパンパン……射精ちんぽになってる……♡」

華穂はその言葉に対して肯定も否定もしなかった。

「もう華穂ちゃんの中に出したくて仕方なくなってる。良い？」

「……はい、来てください……先輩の精子、先輩のちんぽからビュルビュルって出る

精液……おま○こにください……あっあっ♡　ちんぽドクドクしてる♡　精子、好き♡」

幾度となく繰り返される射精に、華穂の膣壺はその全てを受け止めきれずに溢れだしてしまう。

阿藤先輩が恍惚に塗れながら言った。

「こんなに連続で出したの初めてだよ」

「……お腹の中、熱い………先輩の精液で一杯になってる……」

二人は唇を貪りあいながら、互いに絶頂の余韻に浸っていた。

僕はそのやり取りを見ながら、必死に陰茎を擦っている。阿藤先輩のそれと同じように、まるで限りがないように精液が飛び散っていった。

「はぁ……はぁ……華穂……華穂……」

熱病にうなされるかのように映像に食い入り、陰茎を扱き続ける。

画面の中の二人はまるで恋人のようにキスを繰り返している。

ちゅっちゅと音を鳴らして唇を啄みあったり、舌を絡めて唾液を交換しあったりしていた。

そんな濃厚な後戯を続けながら、阿藤先輩が華穂の臀部に手を伸ばして言う。

「今度はこっちの穴でやってみようか」

華穂は意味がわからないといった様子だったが、そんな彼女を阿藤先輩はバスルームへと無理矢理連れて行った。

その際に阿藤先輩は自分の手荷物の中から、先端の丸い注射器のようなものを持っていった。それが浣腸の為のものだとはすぐにはわからなかった。

華穂は浴室とトイレを何度か往復していた。

そして暫くしてから二人はベッドに戻ってくる。

「……絶対無理ですよ」

不安そうに華穂が言う。

「大丈夫。さっき風呂で指は三本まで入ったじゃん。それにしっかりこれでもほぐすから」

そう言うとバッグの中から球形が連なる棒のようなものを取り出した。アナルパールと呼ばれるものだった。

華穂を四つん這いにさせると、ゆっくりと一つずつ球を挿入していく。

「あっ……………やっ……………はぁ……………ん…………」

その度に華穂は悩まし気な声を上げて腰を振っていた。息苦しそうではあるが、苦痛を覚えているようには見えなかった。

「華穂ちゃんエッチだから、絶対こっちの穴も気に入るって」

そう言って、アナルパールの出し入れのペースを速くしていく。

それに合わせて華穂の声も段々と切羽詰まって行った。

「あっ、あぁっ……いや……先輩……なんだか、変な感じがする」

華穂の声を無視して阿藤先輩はひたすらアナルパールの出し入れに執心していた。

そしてそれを五分ほど続けると、彼は満足そうに引き抜いた。

「そろそろ大丈夫かな」

そう言って、四つん這いのままの華穂の肛門に勃起した陰茎を押し付けた。

華穂の綺麗で愛らしい肛門に、黒光りする亀頭が押し込まれていく。

華穂は不安そうに表情を強張らせ、シーツを握っていた。

「力抜いて……ゆっくり入れていくから……ほら、先っぽ入ったよ」

そんな阿藤先輩の声と同時に、携帯が通知音を鳴らした。華穂からのメッセージが届いていた。

『次の講義は一緒だね。ロビーで待ってるね』

僕はそれに返信する余裕もなく、映像の方へと視線を戻した。

ベッドの上で、普通にバックからするように二人は交わっていた。

パンパンと阿藤先輩が下腹部を、華穂の桃尻に叩きつけていた。

「ひっ、いっ♡　あっひ♡　せんぱ、い♡　だめっ、だめっ♡　はげし♡」

「そんな事言って。華穂ちゃんの肛門、もうしっかりおま○こみたいにちんぽ呑み込んでるよ」

「いっ、いっ、ひっ、ひぃっ♡　あひっ♡　こんな、こんな……お尻、広がって……あぁっ、ひっ、いぃっ♡」

華穂は初めてのアナルセックスで喘いでいた。

肛門の処女を喪失しつつも、その悦びを甘受していた。

「あっひっ、いぃっ♡　おま○こになる♡　お尻の穴、おま○こになる♡　先輩のちんぽ覚えて、おま○こになっちゃう……♡」

「これからもこっちの穴使ってやるからな。俺だけの性処理便器にしてやる」

阿藤先輩は得意気に腰を振っては、華穂の肛門で肉棺を扱く。

にゅるん、にゅるんと独特の摩擦音が鳴り響いていた。

華穂の声から滲み出る切迫感も通常のそれとは異なっている。

「手始めに、今日は一晩中こっちの穴にザーメン注いでやるからな」

「ひっ、ひっ♡　だめっ、そんなの、一生元に戻らなくなる……先輩のザーメン処理用のおま○こになっちゃう……あっいっ、いっひっ♡　ひぃっ、いっ♡」

「なれ！　なっちまえ！　俺の肉便器になっちまえ！」

阿藤先輩のピストンが尚更華穂を追い込むようなものになる。

「あっあっあっ、ひっひっ♡　な、なる……なっちゃう……こんな極太ちんぽでズボズボされたら……先輩専用の性処理便器穴になっちゃう……♡」

「処女らしいキッキッの締め付けしやがって……いくぞ……………うぅっ」

阿藤先輩は快楽の呻き声と共に腰を止める。

「あぁっ、先輩のちんぽ、お尻の中でドクドクしてる♡　ザーメン、肛門の中に注がれてる♡」

阿藤先輩は後ろから華穂の背中に覆い被さるようにして、右手で体重を支え、左手で華穂の乳房を鷲掴みにしていた。

そして華穂を振り向かせて舌を吸わせる。

「明日千草と会って話をするんだろ？　その間、ま○こと肛門からずっと俺の精液が垂れ流れているようにしてやるよ」

「あっ、ひっ♡」

そんな事を言われて、華穂は背中をブルブルと震わせていた。

そして阿藤先輩の舌を吸いながら囁く。

「……先輩のちんぽ……根本まで肛門に刺さってる……先輩の太いおちんちんで肛門が広がってる……お腹の中に注がれたザーメンの熱さと一緒に、この太さも忘れられません……」

「忘れさせねえよ……これからもずっとな」

そこで映像は止まった。

僕は暫くトイレの個室の中で茫然自失していた。

思考が纏まらない。

今朝、僕と華穂が泣きながら話していた直前まで、華穂は阿藤先輩の精を注がれ続けていた？　それも膣と肛門で。彼女がやけに歩きづらそうだったのを思い出す。

そしてこれからの華穂と阿藤先輩の関係はどうなるんだ。

そこに関しては明確に映像内で言及していなかった。

華穂ならきっと、もうこれが最後だと言ってくれたに違いない。そんな願望に縋りつく。

僕の心臓はバクバクと爆ぜるような鼓動を続ける。

予鈴が鳴ると、僕はふらつく足取りでトイレを出た。

何も考えられないままロビーに向かう。

そこには華穂が既に僕を待っていた。

ロビーの片隅で目立たないように立っているその姿は、僕の知っている華穂そのものだ。まるで野菊のような慎ましい可憐な存在。

彼女は僕を見つけると、小さく手を振って小走りで僕に駆け寄ってきた。

僕は笑えているだろうか。

彼女と辿り着いたこの平穏な日常で、幸せを噛み締めているだろうか。

全ては自業自得から始まった。

僕の無いものねだりが全ての歯車を狂わせた。

初めから幸せは全部目の前にあったのに。

華穂の奥底に要らぬ不満や不安を沈殿させ、そして彼女の気持ちをかき乱した。

華穂を目の前にした僕は必死に涙を堪えた。

彼女は最初は気恥ずかしそうに微笑んでいたが、僕の様子に気付くと不思議そうに小首を傾げた。

僕は堪らず華穂の手を握ると、堪えきれずに涙を流した。

「……もう、この手を離さないから。これからずっと、華穂の事を離したりしないから」

彼女は益々不思議そうに、眉を八の字にしておろおろと戸惑いを見せた。

僕らは元通りになれるだろうか。

あの退屈で、平穏な日常に戻れるだろうか。

きっと僕の愛と献身次第なんだろう。

絶対に取り戻せると信じたい。

信じたい。

華穂の事も。

それが僕にできる唯一の罪滅ぼしなのだから。

Impression

感想募集 本作品のご意見、ご感想をお待ちしております

このたびは弊社の書籍をお買いあげいただきまして、誠にありがとうございます。リアルドリーム文庫編集部では、よりいっそう作品内容を充実させるため、読者の皆様の声を参考にさせていただきたいと考えております。下記の宛先・アンケートフォームに、お名前、ご住所、性別、年齢、ご購入のタイトルをお書きのうえ、ご意見、ご感想をお寄せください。

〒104-0041　東京都中央区新富1-3-7ヨドコウビル
㈱キルタイムコミュニケーション　リアルドリーム文庫編集部

◎アンケートフォーム◎ **https://ktcom.jp/goiken/**

リアルドリーム文庫200

ユーカリの花を求めて

2021年4月5日　初版発行

◎著者　懺悔（ざんげ）

◎発行人
岡田英健

◎編集
藤本佳正

◎装丁
マイクロハウス

◎印刷所
図書印刷株式会社

◎発行
株式会社キルタイムコミュニケーション
〒104-0041 東京都中央区新富1-3-7ヨドコウビル
編集部　TEL03-3551-6147／FAX03-3551-6146
販売部　TEL03-3555-3431／FAX03-3551-1208

ISBN978-4-7992-1468-8 C0193